来去無塵

宁新奉题

宁新路 著

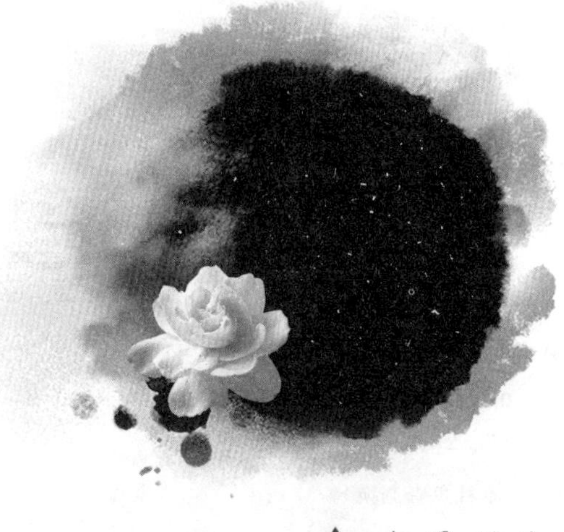

中国财政经济出版社

U0819745

图书在版编目（CIP）数据

来去无尘：一位财政部长的生前事/宁新路著．—北京：中国财政经济出版社，2013.7

ISBN 978-7-5095-4548-5

Ⅰ.①来… Ⅱ.①宁… Ⅲ.①叙事散文-中国-当代 Ⅳ.①I267

中国版本图书馆CIP数据核字（2013）第112836号

责任编辑：樊清玉　　责任校对：杨瑞琦

封面设计：大　卫　　版式设计：康普宝蓝

中国财政经济出版社出版

URL：http：//ckfz.cfeph.cn

E-mail：ckfz@cfeph.cn

（版权所有　翻印必究）

社址：北京市海淀区阜成路甲28号　邮政编码：100142

发行处电话：88190406　财经书店电话：64033436

北京富生印刷厂印刷　各地新华书店经销

787×960毫米　16开　13.5印张　190 000字

2013年7月第1版　2015年3月北京第3次印刷

定价：35.00元

ISBN 978-7-5095-4548-5/I·0121

（图书出现印装问题，本社负责调换）

本社质量投诉电话：010-88190744

反盗版举报热线：88190492、88190446

目录

目录

引子　一无所有

2005年2月25日上午，北京八宝山革命公墓第一告别室，走完99年人生历程的财政部老部长吴波，静卧在鲜花、翠柏丛中。面容依然如生前那般淡然、和蔼和平静。他那面露慈祥、无苦无悲的容颜，让人感到他没有离去，是沉沉地睡着了。

“晚春蚕老丝难尽，孺子牛亡汗未消”。悼词说，吴波为中华民族的解放事业，为社会主义革命和建设事业，为共和国的财政工作贡献了他的一生，实现了他的夙愿。这个评价，不是客套与安慰之辞，是一字千金和名副其实的定型。

1983年，他离休之后重返延安，对自己参加革命后的生涯做了一个概括：“面完达摩十年壁，换得金刚百炼身。今日灵山问证果，此生犹愧净无尘”。他把自己的一切献给了人民，他忠实地完成了自己的夙愿。他以真诚的坚守走完了一生。

他留下遗嘱说，自己参加革命成为一个无产者，从没有想过购置私产留给后代。他执着追求没有自我的人生境界，且把这个愿望坚守到了身后。根据他的遗愿，家属把分给他的两套住房交还给了国家。

他没有大额存款，因为他把大部分薪水都用来帮助了别人，留给后人的仅有三万元的积蓄。这笔钱除了付丧葬费和儿子搬出公房等费用外，几乎没有什么剩余。

不沾一“尘”地来，不沾一“尘”地去，这是吴波的人生境界。这境界让常人有种“高山仰止”的惊叹。

第一章　寻觅中的艰难跋涉

1906年初春，兵荒马乱的年月，吴波出生在安徽省泾县茂林村。他在家乡度过了童年，十三岁那年，跟母亲搬到宣城水东镇，水东就成了他第二故乡。

吴波的苦难从小就开始了。四岁时死了父亲，没了经济来源，不久叔父和他们分了家，继而哥哥经商折本欠了债，随之一场大火，把住房烧得片瓦无存。接着他和哥哥二人也分了家，各分得四亩水田，火灾后重建住房和欠下的债务，由兄弟俩分担。吴波家日子从此雪上加霜。

吴波八岁进私塾上学，读书十分用功，辛劳的母亲对他未来有了希望，一心想培养他读书当官，却因家庭日渐贫寒，无法完成学业，后虽有叔父资助，读到第八年，就因缺学费再也读不下去了。16岁的吴波，只好到宣城做学徒，做杂活。他做的虽是小店员的苦活，满脑子却是建功立业的梦想。

这是个什么样的社会啊，到处是战乱死伤，到处是欺压掠夺，到处是饥荒。吴波讨厌、憎恨这个社会。为表达心中的不平，他把名字“报平”改为“抱平”，名叫“吴抱平”，意为对眼前一切都看不惯。他立志“自我奋斗”找寻出路，彻底改变自己命运，也去改变社会的现状。

一

人的一生，脚下的路虽很窄，却会有多个岔口，步入哪个岔口，就是哪条路的命运。而岔口的选择，却是短浅目光与高远思想的体现。此时吴波处在了人生的岔路口上。

1927年春天，柳芽露头的时候，有支精神昂扬的队伍到了芜湖宣城——北伐军来了。北伐军高喊“打倒帝国主义”、“打倒军阀”、“打倒贪官污吏”、“打倒土豪劣绅”的口号，要推翻封建落后制度，建立新民主主义的社会。

吴波听着这些口号既新鲜，又兴奋。在响亮的口号声中，有本《三民主义》的书，让他放不下手了，尤其那“驱除鞑虏，恢复中华，创立民国，平均地权”的提法，是要反对列强的侵略，打倒与帝国主义相勾结之军阀，求得国内各民族平等，承认民族自主权，还要实行为一般平民所共有的民主政治，防止欧美现行制度流弊，人民有选举权，使人民拥有政权，还要平均地权，实行耕者有其田。这是一种多么美好的社会！这些设想，让吴波热血沸腾。他从这本书中认识了孙中山，知道了中华民族的未来会很美好，对孙中山产生了景仰。吴波下决心离开宣城，去参加北伐军。

吴波几经周折参加了“皖属先遣队”。穿了军装当了兵，他以为这就是参加了“革命”，兴奋地跟这支队伍出发了。

由一个小店员成为北伐军的书记官，吴波由衷地喜悦，而这喜悦又那么短暂。在合肥，北伐军“皖属先遣队”被北伐军的白崇禧部队缴了械，他侥幸从先遣队逃了出来。

蒋介石已叛变革命。尽管芜湖北伐军仍在宣传革命，实际上已变成蒋介石的工具。

吴波又回到家乡。行李丢光了，两手空空，在宣城当店员欠下的亏空要归还，生活费要靠家里解决。所有这些都使他母亲发愁。村里人把他看成不守本分的青年，说他放着体面的店员不当，跑出去“革命”，把自己“革”得屁股精光跑回来……闲言碎语，像刀刺心窝，吴波难受，他母亲更难受。

好心的乡亲，劝他仍去经商。他不想再干经商行当，想干改变社会的事，而这雄心壮志离现实又那么遥远。他找不到渴望的那束光亮，他感到眼前一片迷茫。

吴波日渐困惑，在家等待的日子是那么苦涩而艰难。在母亲的责难和人们的讥笑中，他再也呆不下去了，决意远走。这时，恰好有位在西北军当书记官的族兄冯剑青回芜湖探亲，听了吴波的窘况，答应帮忙，带吴波离开了老家。

在郑州，吴波经族兄托朋友帮助，考取了郑州市政府公益科的见习科员。吴波做事不惜余力，且又极其仔细求真，不久就被转正为三等科员。那时局势动荡，郑州市一年内换了三任市长，三任市长都很欣赏吴波的才华，每任市长都给他提了一级，一年多时间被破格提升三级，他由见习三等科员升到一等科员。

对“三民主义”抱着幻想的吴波，很快发现国民党说一套，做一套。所谓“打倒军阀”，军阀都挂上了“革命”的招牌；所谓“打倒土豪劣绅”，豪绅们依然很神气；蒋介石屠杀进步青年，社会弥漫血腥。他对国民党失望至极。吴波决意远离国民党。

1930年内战开始，冯玉祥的西北军西撤，郑州市政府解散，人员各找出路，吴波只好又回到老家水东，等待新的工作。回家后的吴波，生活失去经济来源，又陷入困境。

吴波的命运里，好像有根好机缘的“红线”，一直在牵着他。这根牵引的“红线”，在他最为困苦的时候，就会牵他走向新的天地。吴波等了半年，那根“红线”又来牵他了，原郑州市市长赵守钰给他发信，通知他来上海工作，吴波在上海的国货商场办事处做了文书主任。吴波感到这个差事不错，看起来是经商，实际上是同英租界工部局打官司，是同帝国主义作斗争。他干劲十足地做好每件差事。

吴波没想到这是他寻找光明之路的开始。他在上海读到了进步书刊，有鲁迅的作品，有苏联进步小说等等。这些书刊对旧社会的揭露，对正义良知的呼喊，对幸福生活的展现，撼动着吴波的心。这个两眼迷茫的青年，从此对社会主义有了笼统概念，对未来有了憧憬，渴望那种没有人剥削人，人人有工作，人人有饭吃的社会早日到来。这束光芒虽已照到他心里，但他看不到光芒来自哪里，他要找到发出这束光芒的源地。

吴波寻找发射这束光芒的人。他在上海很快认识了刘子华。刘子华是1923年由李大钊介绍入党的中共党员，是中国共产党中央军委三人领导小组的成员。刘子华在上海利用赵守钰关系作掩护，做共产党的事，经常到赵家来，有时就住在赵家，吴波有了与刘子华接触的机会，由此听了他讲的许多革命道理。吴波找到了给他内心带来光芒的人，从此感到眼前一片亮堂。

吴波佩服这些冒着生命危险为理想奋斗的人。他主动接受刘子华的安排，为共产党做一些工作。

光芒刚刚找到，为所敬仰的人们做事刚刚开始，可意想不到的事出现了，国货商场因受洋货的排挤，又得不到国民政府的支持，商场被迫关门。吴波又失业了。没了立足之地，他只得离开上海。离开上海，在他看来就远离了那束光芒。

吴波苦闷地感叹，自己梦想的脚，刚迈出一小步，眼看就会朝着光芒走去，却又得离开这里，今后还会找到那束光芒吗？他仰望苍天，苍天冷酷；他询问苍天，苍天不语。吴波装满了一肚子困惑。

二

1931 年秋天，湖南水灾，成千上万的百姓流离失所，死尸遍野。国民党政府组织“救济水灾委员会”搞救灾，原郑州市市长赵守钰被委任为湖南省放赈专员，要吴波跟他一道去工作。吴波被安排在办事处当秘书兼赈灾事务科长。赵守钰大部分时间不在湖南，放赈工作就放手交由吴波代他去做。

救灾是用美国援助的小麦，只有五万吨，而毁坏的堤垸太多，灾重人多，僧多粥少，如按原定方案搞，美麦赈灾只能修复少部分堤垸，大部分堤垸修不起来。吴波想起了办法。他掌握详情后，提出把工赈变为工贷。把工赈款贷给地主，由他们再自筹一部分工款，待全部堤垸修复起来，贷款收回来留做洞庭湖兴修水利的基金。

吴波的方案，得到了湖南社会各界的支持，却遭到建设厅厅长的反对。他为什么反对？不是为了灾民，而是他有利益所在。建设厅坚持按原工赈方案进行，并得到湖南军阀省长何健的支持。方案还没实行，便形成了社会各界和政府的矛盾，双方争论不休，一直闹到国民党中央救济水灾委员会。经过多次反复的争论，最后评定认为，吴波的方案利于操作，更利于灾民，采用这个方案赈灾，使得大批灾民得到了救助。

吴波的赈灾方案效果很好。赈灾显出吴波不凡的才干，湖南各界拟推荐他出任衡阳县县长，但他听从了南汉宸的意见，由赵守钰安排他到陕西省汽车管理局做了局长。南汉宸是共产党地下工作者，任陕西省政府秘书长。受南汉宸影响，吴波虽然在公路局工作了仅一年七个月，却做了许多公道正派、有益百姓的好事情。处理公路人员贪污受贿、徇私舞弊，破坏商车轮班制度的问题，解决军人乘车不买票的问题，解决公路旅客安全问题……

吴波在公路局工作，心里想着共产党的事情，他掩护共产党地下工作者刘秉琳、武伯昌等人开展秘密地下工作，为他们开路条、提供食宿和资助经费，帮助他们开展工作。

不久，吴波的工作又有了变动。这个变动，使得他更加接近了这一道光芒。1934 年春天，赵守钰出任国民党政府护送班禅回藏的专使，吴波又随他去兰州，当了专使行署秘书。

吴波在兰州行署，帮助赵守钰筹备入藏物资等事。此时正遇红四方面军北上，西安到兰州的公路被切断，赵守钰专使行署后续人员和准备的物资，在西安一时过不来，苦等两个多月，正准备出发时，发生了“西安事变”。

“西安事变”后，西北战争情况越来越复杂，红军在河西走廊遭遇国民党军队围堵，损失惨重。周恩来通过南汉宸发来电报，请赵守钰去西安商事，电报中说，如赵守钰来不了，可派吴波来西安。赵守钰考虑到自己目标太大，容易引起蒋介石注意，就决定派吴波代表他前去。去西安的路很难走，沿途国民党部队把得很严，吴波几经周折，终于赶到了西安。

吴波到西安，形势已变。张学良送蒋介石回南京，被扣押失去了自由，杨虎城的绥靖公署虽然还在，但蒋介石的嫡系军队已开进了西安。吴波见到南汉宸，才知道周恩来约赵守钰，或者让他来西安，是要完成一件重大任务。这件任务很特殊：红四方面军在河西走廊和马家军作战时，被马步芳、马步青俘虏了很多人，想通过赵守钰去做马步芳、马步青的工作，说服二马释放西路军被俘人员，共产党则以赠送他们一批枪支弹药作为交换条件；共产党希望派人去西宁、平凉一带看望西路军被俘人员和了解他们的情况，请吴波找人给以掩护；西路军在河西走廊和党中央失去联系，徐向前等同志下落不明，共产党准备派人去河西走廊打听消息，建立联系，要吴波想办法找可靠的社会关系作掩护。在西安，吴波接受了周恩来交给他的这一特殊任务。

周恩来指定由张文斌和刘秉琳两位与吴波联系。张文斌是1925年参加革命的老党员、老红军，是共产党派驻杨虎城十七路军的代表，负责领导红军驻西安联络处的工作，是在周恩来领导下，参与和平解决西安事变斗争的成员。1939年他出任广东省委书记，从事地下工作，于1942年牺牲。刘秉琳是1926年参加革命的老党员，土地革命时期，他在赵守钰掩护下做地下工作。从那时起，吴波就和他很熟悉，解放后刘秉琳任山东省委书记。他们对吴波非常信任，在离开西安时，南汉宸给吴波一本电报密码，约好以后互通消息。

在西安，有件让吴波终生难忘的事，是受到了周恩来的接见。周恩来满头黑发，浓眉大眼，潇洒倜傥，文质彬彬，温文尔雅。尤其是他那浓密的黑眉毛下炯炯有神的眼睛，透着亲和力，还透着坚如钢铁的勇气。周恩来的气质风度，让吴波为之惊异，而更让吴波惊异的是周恩来对“西安事变”的讲话。周恩来根据抗日民族统一战线政策，讲了共产党的主张，也讲了国民党的主张，用对比的办法，阐述共产党主张的正确。特别讲了共产党对待“西安事变”决定的意义。他说，捉到了蒋介石，人们都盼望杀蒋平民愤。平民愤没有错，蒋介石是该杀，但为了实现全民族抗战，力主顾全大局，蒋介石不能杀；再三考虑，还是把蒋介石放掉了。周恩来响亮的声音，娓娓道来，有理有据，使吴波内心有种打开窗户见阳光的愉悦。这种愉悦，他感到是他长久以来渴求的一种愉悦，是听到了民族有希望、国家有希望正义之声的愉悦。

对民族心怀莫大忧虑的吴波，他多么盼望“西安事变”使蒋家王朝崩溃，也希望把蒋杀掉以平民愤。周恩来的道理，是那么的宽阔、高远，使吴波感慨不已。他觉得共产党了不起，蒋介石杀了共产党那么多人，现在为了国家和民族的利益，可以把仇人放掉，这种气魄，让他肃然起敬。

被周恩来高尚的人格、博大的情怀深深打动的吴波，激动不已，他感到梦寐以求的人生抱负，从此有了明确目标。他下决心要参加革命，到共产党队伍里去实现自己的梦想。

周恩来交给他们一项重要而艰巨的任务，是要他们打听徐向前等下落，解救红军，且刻不容缓。而西北敌人猖狂，营救难度极大，周恩来亲切地对吴波说，营救事关重大，会遇到预想不到的困难；考虑到你在西北的朋友多，请你参与帮助完成这一任务，不知道为难不为难？吴波对周恩来说，营救西路军是件很光荣的事，他会想尽一切办法去做营救工作，请恩来同志放心……

周恩来的嘱托，使吴波热血沸腾，而营救任务艰巨而紧急，犹如肩负千钧。如何尽快完成这一重任？得依托个可靠的人，找谁可靠呢？吴波想到有一个人可以争取。那是吴波 1928 年在郑州认识的熟人高金诚。高金诚在河西走廊甘州开设了一家医院，医院设在教堂，他既是医院院长，又是传教士，思想进步、有正义感，有较高的社会地位，也有较好的群众基础，很适合做掩护工作。

吴波请求高金诚帮助，高金诚也十分同情西路军，愿意去河西走廊为共产党做掩护工作。在谢觉哉的安排下，高金诚与甘州西路军被俘红军临时地下党支部取得了联系。先后救出了刘瑞龙、魏传统、王定国、惠子明等200多位西路军战士。高金诚的活动，引起了国民党的注意。1938年初，不幸的事情发生了，高金诚被敌人秘密杀害。

吴波一直记着高金诚这位可贵的朋友。解放后，高金诚被党和人民政府追认为革命烈士。

被营救的200多名红军战士，许多人后来在党和国家重要领导岗位上，担任要职，为新中国建设作出了杰出贡献；还有许多为中华民族独立、新中国建设作出杰出贡献的人物，已载入辉煌的史册。新中国成立后，刘瑞龙历任中共上海市委秘书长、华东局农委书记、华东土改委员会副主任、农业部常务副部长、党组副书记、华东局农委主任等职；魏传统1955年被授予少将军衔，为第五届全国政协委员，第六届全国政协常务委员，中国楹联学会成立之初，被推选为会长，后成为当代著名书法家、诗人；王定国与我党优秀共产党员谢觉哉结婚，新中国成立后任最高人民法院党委办公室副主任，第五至七届全国政协委员。

还有许多杰出人物，以他们的英雄般的意志，实现了告慰高金诚烈士英灵的夙愿。

三

1939年4月，吴波在专使行署结束护送班禅回藏的任务。延安的红色火光，早已让他按捺不住心中的向往，他决定尽快去解放区参加队伍。他怀着一颗单纯而火热的心，去了延安。

到了延安，需要有人介绍他的身份。谁来介绍自己参加革命队伍呢？吴波想到了南汉宸。南汉宸比较了解吴波，又是共产党高级领导干部。吴波费尽周折找到了南汉宸，南汉宸欢迎吴波加入革命队伍。吴波被安排到晋西北临时战地总动员委员会工作。

战地总动员委员会工作结束，南汉宸去了延安，吴波与动委会干部大队奔赴边区。渡过滹沱河，跋涉华北山川，来到河北平山县的洪子店，进入晋察冀的阜平温塘，听候分配工作。

动委会干部由集中使用改成分散使用，总会的干部陆续分配了工作，组织上却没给吴波安排岗位。理由是吴波的历史复杂，社会关系也复杂；了解他的南汉宸联系不上，组织又尚不了解，不能分配工作。吴波的工作要等南汉宸来了以后再确定，而南汉宸在延安一时来不了，他只能等待。

那时的边区队伍中，常混进敌特分子，对每个新干部情况搞清楚，是必须要做的。没人说明白他的“历史复杂”，吴波被组织上叫去接二连三谈话，接受审查。审查结果是，吴波仍然不能留在边区工作。组织决定要他离开晋察冀，以他在社会认识上层人物多的人脉关系，到白区鹿钟麟那里开展统一战线工作。组织上说，派他在“外面”工作，比在根据地起的作用大，相信会发挥更大作用。

虽说是重用和考验，而吴波明白，要他离开根据地，是组织上对自己不了解、不信任。而他在沮丧里有种冲动：大敌压境，怎能在后方苟安偷生，应该到前方去杀敌；既然自己已到根据地，怎能轻易离开呢！

吴波请求组织留他在根据地工作，组织上不同意；吴波又提出让他在根据地工作一个时期，接受些锻炼再去外地，组织也不同意。

吴波看自己留在晋察冀不可能了，但不愿到鹿钟麟那里去，更不愿离开边区队伍。

拥抱光明，而得不到光明，哪怕是对坚强意志的人，也是一种精神折磨。时局复杂，面对的环境也复杂，吴波一晚又一晚难以入睡。吴波感到那些天的夜晚真长啊，心头好像浇了一盆盆“凉水”，从头凉到了脚，怎么也睡不着觉。吴波心里痛苦，这痛苦让他无解：满腔热情投奔革命，料不到受到摈弃，怎么办呢？吴波意识到，自己的历史在这里没人了解，不可能得到信任。他的历史情况只有南汉宸清楚，他得去延安找南汉宸。

去延安得找机会。吴波想利用离开晋察冀路过延安的时机，找南汉宸证明自己历史的清白。可偏偏负责人通知他，要他通过晋东南离开解放区，且要马上走。吴波去延安找南汉宸的希望落空了。

按照领导指定的路线，吴波沿太行山脉由北向南走，躲开敌人扫荡，经平山、井陉等县长途跋涉，他到达武乡、襄垣之间的红军北方局所在地。

不被组织信任，是多么痛苦的事情。吴波不愿等待，他要让组织尽快了解自己，尽快轻装上阵投入革命。他给野政组织部长周桓写信，要求组织与他谈一次话。谈什么？当然是历史情况，希望组织出面与南汉宸联系，证明清楚自己的历史，让他放手工作。几天后，组织部安排八路军前敌总指挥部申秘书长同他谈话。吴波没想到找他谈话的申秘书长，是他的老朋友申伯纯。申伯纯了解他的过去。申伯纯要吴波留在晋东南工作。留在根据地工作，这是吴波的希望。

吴波由衷地喜悦，他想留在解放区参加革命的愿望实现了，内心的苦闷顿时烟消云散。申伯纯通知吴波到前总报到，把他分配到了野政统战部工作。吴波刚进野政，随后又急需充实八路军驻洛阳办事处力量，组织上认真考虑后，决定派他去。

驻洛办在国民党统治区，派他去是做统战工作。在国民党眼皮下的共产党驻洛办，是被国民党特务暗中监视的重点对象，开展工作局面异常险峻。这是组织的信任，吴波毫不犹豫地去了新单位。

一路上，吴波满怀信心，对新的岗位和未来充满了美好的憧憬，原以为自己能在对外统战工作上会发挥大的作用，没料到去了驻洛办，只安排他在机关作一般工作。吴波不是党员，过不上组织生活，看不到党内文件，感到离党很远。他多么需要组织帮助，使他的政治思想得以不断进步。可半年过去了，从没人关心过他追求进步的事。

吴波渐渐感到，这里的气氛不对头。驻洛办主任袁晓轩，作风不正派。在洛办顺他的人无原则拉拢，对他有意见的人无情打击。他拉拢的人思想作风不正派；他所打击的人，是大家认为的好干部。吴波抵触袁晓轩，担心在政治上被他陷害。他又给南汉宸写信，提出想去延安的愿望。南汉宸给袁晓轩发来了电报，调吴波去延安工作，他便顺理成章地离开了洛阳办事处。

吴波走后不久，可怕的事情发生了，袁晓轩叛变投敌做了叛徒。好险，吴波想，如果不是自己走得及时，不知道是否会发生意想不到的可怕事情来。

吴波到延安，起初被安排在统战部工作，不久就被接受为光荣的中国共产党员。当南汉宸由统战部调到陕甘宁边区财政厅当厅长时，他把吴波也调到了财政厅，在财政厅做秘书主任。

做财政工作，对吴波来说是他人生的重大转折。他是个外行，但他勤于学习，也养成了做事仔细扎实的习惯，便很快成了财政厅骨干。边区政府的财政报告、征收公粮的社论，以及毛主席研究边区财政问题的情况报告，凡是要财政厅提供的材料，领导都交吴波起草。吴波在边区财政厅有种大有作为的感觉。

正当他干得起劲、憧憬未来美好的时候，一场运动来了。那是延安大审干。

四

延安大审干开始于 1943 年。大审干要审什么人？吴波不知，更没想到自己就是被审查的重点对象。

延安审干的主要目的，吴波后来才明白，在于对党员大发展阶段吸收入党的新党员实行政治过滤，也是对国民党和国内其他党派的高度警惕。1937 年抗战爆发，中共获得合法地位后，大批青年投奔延安，一些原先失去组织关系的党员也纷纷归队，中共中央组织部门在社会部的配合下已对进入延安的每一个人实行了严格的审查，也就是说，只有经过组织审查的人，才能被分配至机关、学校、部队工作。吴波刚到延安，又新入党，且过去的历史，很容易产生疑点，接受审干审查，甚至被告怀疑，是很正常的事。这些政策和实情，吴波后来才知道。

1943 年 3 月的一天，他被带到延安陕甘宁边区保安处。保安处人员当即对他宣布，他有政治问题，被逮捕了。带他来的人也说，是送他到保安处来接受审查的。这犹如晴天霹雳，吴波一时被击懵了。

吴波被关在窑洞，窑洞外是荷枪实弹的看守战士。窑洞里有人，也是同他一道接受审查的人。被关进窑洞，他感觉到了另一个世界，当然是心里没了阳光的世界。

进了窑洞，边区保安处人员向他宣布逮捕关押者规定：同窑洞的人不准通姓名，不准谈案情，只准坐着不动，各人想各人的问题。吴波明白过来，此时自己已成犯人了。吴波像在做梦，想不明白这是怎么回事，也不知道自己究竟有什么问题。

关在这里的人，会是什么样的命运？他听说没问题的很少，被镇压的很多。吴波心里很紧张，但又不知道自己有什么问题。而面临的严峻局面，让他感到阵阵寒意袭浸身，随时都有被“专政”的可能。

吴波哪里见过这样的阵势，他一时恐慌了，不知道未来会是什么样子，陷入了极度痛苦的境地。他想了很多，而他怎么也想不通，自己在旧社会洁身自好寻找“自我奋斗”的光明道路，后来接受了马列主义，下决心跟共产党走，到延安参加了革命，虽然在晋察冀受到挫折，但那只是不了解、不信任而已，并没有被当成怀疑对象，料不到来了日思夜想的延安，却被关进了牢房，变成了嫌疑犯。年轻的他，一时接受不了这样的现实，感到自己的尊严被摧毁了，一种备受污辱的愤慨直窜心窝。

边区保安处的审查是相当严格的。严格审查，是纯洁边区队伍的需要，是与敌人生死较量的手段。因而对吴波的审讯，也一次比一次严厉。保安处审查人员说，吴波有严重问题。他被关到另一个窑洞。这个窑洞很小，只有七八个人挤在一起。保安处的干部把他送进窑洞时，对大家宣布：在这个窑洞的人都是大特务，如果再不交待问题就要镇压了！他确实相信了这些话。

那天的审讯，口气和问话，是一种对敌对人员的问话和审讯，回到窑洞，他把自己的东西整理一番，他想被误解如若很快排除不了，被“镇压”也许就在即日，吴波做好了被杀头的准备。虽然做好了最坏打算，吴波仍抱有一份幻想，这反倒使他平静了许多。平静，是他明白自己压根没问题，相信组织不会误判一个人；平静，是他感到遇到多大的困苦，接受住考验就是光明。他想到了曾熟悉的两个人：一个是成仿吾，他在大革命失败后，态度一度消极，后来到了苏区，党组织对他有怀疑，不给他分配工作，他经受住了长期考验，重新得到了党的信任。一个是肖劲光，他在第五次反围剿时，军事上犯了错误，被撤了职，长征中他背着行军锅跟着队伍走，经受了考验。他想，自己已经是革命军人、共产党员，应该经得起这个考验。经过不断的思想斗争，他的情绪逐渐平静了下来。他清理了自己参加西北军以来接触过的人和事，反复想过自己可能存在的问题，想来想去除了自己的历史复杂和社会关系复杂，容易引起组织怀疑外，想不出其他原因。

一次又一次对吴波的审讯，没有审出什么问题。虽然审讯员说他肯定是特务，却又没有什么证明他是特务的凭据。吴波认为党的政策是实事求是，期望通过审查，组织能把自己的历史搞清楚。

随着运动的发展，他看到受审查的人有四五百人之多。其中有老党员，也有20岁左右的青年，这些人的历史都比他简单。为了清理队伍，这么多人接受审查，也不奇怪自己被审查，他相信组织上对自己不会采取简单处理的办法。

边区审干的办法，是形式上严格，而操作上也相当细致，不会轻易错怪一个好人。1944年审干运动的后期，仍然没有审查出吴波什么问题，边区保安处安排吴波到集训队参加一些临时性工作。先要吴波在窑洞里当管理生产的副组长，又让他当文艺社团京剧研究组组长。吴波是有才艺的，他根据郭沫若的《甲申三百年祭》，与人合作写了一个《李闯王》剧本，并在演出时扮演了主要角色李信。一时，他成了文艺骨干，给大家带来了不少快乐。此时，组织上仍在认真调查他的历史疑点，而结果却是越来越明朗，疑点也越来越小。

不久，边区保安处对仍没有审完调走的人，凡是问题已基本上搞清楚还没有宣布结论的，先恢复党组织生活，并指定吴波在一个小组当组长。这时，吴波才完全消除了顾虑，相信自己的问题可以在保安处搞清楚，不至于在结论上留下尾巴。对此，吴波有说不出的高兴。

1945 年 9 月的一天清早，一阵鸡叫过后，窑洞里透进一缕晨阳，这缕阳光格外明亮，他预感应该有好事找他吧。果然，南汉宸准备带领一批干部到前方去工作，点名要把吴波调走。保安处通知他先回财政厅，并告诉他，过几天关于审查他的结论写好了，再叫他去看。这样，他结束了在保安处被审查的生活。

在边区保安处长达两年半的审查，吴波没有放弃自己，也就没有放弃时间，他把大把时间争分夺秒地用起来，阅读社会主义革命理论，读共产党有关的政策方针，读文学书籍，他感到接受了有生以来最深刻的思想启蒙。这个启蒙，尽管是从书本上得来的，也是从接受审查中得来的，他感到自己参加革命后没有参加过严格的集体生活，没有在阶级斗争中经受过考验，对组织观念的理解不具体，对敌情观念的认识也很抽象，经过这段极其严格的集体生活，也通过接受审查教育，他在服从组织纪律意识方面得到了增强，脑子里从此有了敌情观念。他认为这两年的磨难，虽然让他的身心备受煎熬，却让他离军人的距离更近了。

对吴波来说，这些收获都不是重要的，重要的是使他人生有了脱胎换骨似的思考，更有了人生清明的目标。他蒙冤入狱被关押近三年之久，他在痛苦中迷茫过、沮丧过、失望过。他在迷茫中想明白了追求的意义，在沮丧中想明白了生命的价值，在失望中寻找到了希望。

这个痛苦折磨的过程，也成了他一个彻底转变、彻底放弃的过程。他要放弃什么？他要彻底放弃自我。这“自我”是自我奋斗、追名逐利、光宗耀祖、满足私欲等等追逐利益的自我。他要把这些统统抛弃，做一个真切而纯粹的人。他的思想境界得到了升华。

吴波重新审视自己，彻底清算了“自我奋斗”的思想，决意抛却“自我奋斗”的过去。他以“面完达摩十年壁，换得金刚百炼身”勉励自己，下决心放弃私利，不再有自己的小我，终生做一个无产的人，把自己的生命交给壮丽的民族解放事业。

吴波思想的升华，不是热血沸腾的一时冲动，是有了高远的目标，是看清和拥有了高远美好目标的放弃。他深知，只有放弃，才能走向高远的境界。吴波的彻底放弃自我，也不是为了浅显的解脱，而是他对事物和人生有了深刻的认识。他坚信一个人为别人活着，为国家活着，平凡的人生也会闪耀出美好的光芒来。

他的放弃自我，是宽泛的，也是深刻的，是脱胎换骨式的那种放弃：自己是一个平凡的人，不能为自己活着，要为别人和国家活着，这样才有意义；追求名利，不如放弃名利活得轻松；一个人要活得真真切切，说真话，做真事，做真人，才能活出自我，才是人的真实境界；坚信假的真不了，真的假不了；放弃抱怨，宽容别人，使自己走向宽厚。

有了这样的思想和灵魂的升华，他对遭受的冤屈和挫折，没了怨言，更没有把蒙冤之事放在心上。从此放在心上的，只是如何让自己今后的路走向高远。

第二章　一段惊心动魄的故事

这是吴波一生中不得不提的事情，也是一件让他最为惊心动魄的事情。

那是1953年，国家实施第一个五年计划的大规模经济建设，中央决定召开经济工作会议，对计划作全面安排。吴波按中财委的部署，完成了修改税制的方案，他把拟好的宣传税制改革的社论，送给时任中财委副主任兼财政部长薄一波审定。新税制规定，公营和私营按同一个税率纳税，薄老特意将文中“国营企业和私营企业都要按照修改的税制纳税”修改为“公私一律平等纳税”，不期毛泽东主席认为，公私平等的提法有违七届二中全会的决议，是右倾机会主义的错误，对薄一波进行了严厉的批判。税制风波从此一波高似一波。

批判是在一次财经工作会议上。税制改革本是财经会议中的一个局部问题，而批判薄一波的“插曲”，却扭转了会议的方向，形成了重点批判修正税制的会议，时间也由原定的半个月延长到两个月之久。税制问题，成了箭在弦上的政治问题，也成为一时惊心动魄的事件。

吴波在会上本着对工作负责的态度，把官位等置之度外，冒巨大政治风险，主动站出来，揽过承担责任，实事求是地讲清税制的是和非，差一点引火烧身。

一

事情，还得从税制出台的整个过程说起。

新中国刚刚诞生，税制暂时沿用国民党的旧税法征收，比较混乱，国库空空如也，急需要建立税制。全国陆续解放后，迅速统一全国的税种、税目和税率成为新生政权面临的重要任务。财政部同志夜以继日地研究出台新税制，对原工商税制作修正，争分夺秒地争取早一天实施，希望尽快进钱，充实新中国空虚的国库。

修正税制，关系到商品的出厂价格、批发价格和零售价格，关系到工商、批零和地区之间的利益分配等，是一项触及社会每根神经的极为复杂的事情。为了顺利地推行修正了的税制，必须协调好各方面的关系。时任财政部副部长的吴波对这项触及社会敏感神经的大事不敢有半点马虎，力争做到细致如丝。对于拟定的方案，他邀请有关主管部门反复讨论，仔细完善，最后大家认为，新设计的税率和税负同原来相比，基本妥当。

尽管国家各主管部门认可税制修订方案，可吴波提出，还是要更为妥当一点好。为此，吴波组织财政部有关部门，征求全国工商联负责人及工商界知名人士的意见。全国工商联筹委会召开常委临时扩大会议，对此进行专门讨论，吴波到会并解答问题。会后，全国工商联发表了拥护修正税制的声明。这个声明，意味着这项税制方案成熟可行了。

吴波与财政部有关人员加紧完善新税制，要赶在 1953 年元旦前一天公布实施，在元旦春节消费旺季多征些税。

新税制从 9 月财经会议酝酿，到年底出台，仅用了三个多月时间。时间太紧张了，吴波与很多人白天黑夜地干，一百多天没睡过几个好觉。

这份经过反复的研究和拟定的税制方案，1952 年 12 月，中财委正式向政务院和周恩来总理作了汇报。据薄一波回忆："周总理用了好几个钟头的时间，逐字逐句对方案进行了修改"。12 月 26 日，政务院召开政务会议批准了修正税制的方案。12 月 31 日，财政部党组向中共中央和毛泽东主席呈送了《关于税制若干改革的方案》的报告，对修正税制的主要内容、工商业税条例的若干修改、试办商品流通税、撤并税种、税率的调整等问题作了说明。这个报告在 1953 年 1 月 3 日由中财委党组转报上去。这表明，税制改革方案，基本定型并会马上出台。

社会都在关注修正后的新税制，也为了宣传新税制的实施，吴波主持起草了宣传税制的文章。1952年12月31日,《人民日报》发表了题为“努力推行修正了的税制”的社论和“全国工商联筹委会拥护修正税制”的报道。社论论述了修正税制的原因、必要性,并明确表明修正税制是为了“保税”而不是“加税”。还提到修正了的税制继续保持“公私一律平等纳税”的原则,并说明国营商业、合作社和私营商业在按税法规定纳税上处于同等待遇等,以消除疑虑,使新税制顺利实行。

新税制随后发布。新税制发布后,调整了部分商品的价格。但是,由于商品流通税的实施细则没有同时公布,商人对各种商品的税率如何调整及纳税手续了解欠缺,致使商人不敢放手经营,市场在短时期内发生了混乱现象。

各地情况反映像雪片似地飞向中央。河南财委向中央报送了“公布税法修正后的问题”;山东分局向明等人报送了“在执行新税制过程中物价调整草率造成市场混乱情况”;北京市委和天津市委分别报送了“新税制施行的反映报告”和“新税制公布后的市场物价情况”,等等。这些报告反映了在执行新税制过程中遇到的困难和问题,认为“在执行新税制当中物价的调整过于仓促草率,因而造成了市场混乱”。各地反映的问题越来越急,也把问题说得越来越严重。

这些报告引起了毛泽东主席的重视。1月15日,他写信给周恩来、邓小平、陈云和薄一波,信中写道:“新税制事,中央既未讨论,对各中央局、分局、省市委亦未下达通知,匆率发表,毫无准备。此事已在全国引起波动,不但上海、北京两处而已,究应如何处理,请你们研究告我。此事我看报始知,我看了亦不大懂,无怪向明等人不大懂。究竟新税制与旧税制比较利害如何?何以因税制而引起物价如此波动?请令主管机关条举告我。”

从信中可以看到,毛泽东主席的批评,主要是针对修正税制没有经过中央讨论而发表,以及事先没有经过其审阅。薄一波看到信后，心情半是沉重，半是茫然，他说毛主席“词锋甚严，显然事出有因”。薄一波预感到，新税制将会有风波到来。

根据毛泽东主席的意见，财政部税务总局派出若干个小组，分赴各大中城市进行检查，吴波与工作组人员，对问题做了入木三分的了解。他们在了解问题的同时，对新税制中出现的较大问题采取了补救措施，为纠正出现的问题取得了经验。

了解与解决问题的过程，似乎好办法就自然而然地有了。1953年2月10日，财政部吴波、商业部姚依林和粮食部陈希云，联名写信给毛泽东和党中央，就修正税制的目的、新税制对物价的影响和在执行过程中发生的问题等作了说明。此后，吴波又向毛泽东和政治局汇报了修正税制的内容、出现的问题和解决的办法等。但毛泽东的这次批评更为严厉，认为新税制违背了七届二中全会的决议；修正税制事先没有报告中央，可是找资本家商量了，把资本家看得比党中央还重；得到资本家的叫好，是“右倾机会主义”的错误。

毛泽东主席的这次批评，比1月15日信中的语气更重，并且把修正税制提到了路线错误的高度，大家顿时震惊。

对修正税制的批评，吴波没想到越来越深。经毛泽东提议，中共中央于1953年6月13日在北京中南海召开了全国财经工作会议。会议的第一项议程是讨论财政问题，一开始就集中到对新税制的讨论与批评。会议的其他两项议程，即第一个五年计划问题和利用、限制、改造资本主义工商业的问题，都没有深入展开讨论，新税制成为会议的中心议题。会议原定开半个月，结果却开了足足两个月。

7月13日下午，在扩大的第15次领导小组会议上，薄一波做了第一次检讨。但是，会议气氛立刻紧张起来，薄一波也就成为“桌面上斗争”的集中目标。此后，从7月14日到25日，连续召开了八次扩大领导小组会议，对薄一波进行批评。8月1日，薄一波又作了第二次检讨，承认修正税制违反了七届二中全会的决议，是对资本主义经济限制和反限制的“原则性错误”，并且没有经过政治局讨论，是“分散主义”，“在组织上也是错误的”。薄一波就新税制问题进行检讨，而高岗、饶漱石借机发难，大搞“批薄射刘”，使会议偏离了方向，也使会议气氛急剧升温，薄一波这次检讨仍然没有过关。

讨论和批评新税制，成了财经会议的中心问题。吴波意识到，毛主席对税制批评的调子越来越高，调子高得几乎让他有点反应不过来，税制修正的政治热度，眼看成了一团火，吴波惊讶。“税制风波”初期，吴波认为税制改革仅是个业务上的具体问题，根本没意识到，这次会议发展到上纲上线的政治问题。随着会议的进展，调子越来越高，他坐不住了，他感到修正税制，具体是由财政部拟订的，他应当承担这个责任，薄一波只是负领导责任，应当向中央说明真实情况，即使修正税制有错，也不该把错归到薄一波头上，这样不是实事求是。在这样的政治空气里，面对毛主席的严厉批评，吴波也知道，自己站出来说真话，主动出来承担责任，会有巨大风险，但他还是向周恩来总理写了一张纸条，请求发言。他说，修正税制从开始到出台，都是他一手办的，主要错误在他，薄一波同志只负点头的责任……吴波的发言，实则是替薄一波揽错，虽然毛泽东主席当时不在场，而吴波的发言，会后就有人报告给了毛主席。给毛主席报告时，那个人是怎么说的，吴波不得而知。

在一次批判薄一波的大会上，毛主席拍着桌子，声调很高地批评薄一波和吴波说：“一波未平，一波又起！”

没料到毛主席对吴波的主动揽错动怒了。毛主席批评吴波的话音落下，会场顿时静悄悄的，静得一丝声音也没有了。大家意识到吴波揽错的事，已成不小的问题。接下来会发生什么，人们为吴波捏把汗。吴波也意识到，他的揽错，成了件大事情。

毛主席动怒批评吴波，并不是吴波揽错有多大问题，也不是跟薄一波过不去，动怒是有缘由的。毛主席认为税制应该有利于逐步消灭资本主义的私有制，壮大发展社会主义的公有制，而薄一波“公私一律平等纳税”的提法，把公和私放到了同等地位和待遇上，这与当时毛主席的政治思想相背。

在会议上，高岗又从中发难“批薄射刘”，矛头指向了刘少奇，把税制问题无限上纲；以及在工作中中央和地方存在一些矛盾，有些同志有一些不同的意见。所有这些因素，都成了导致产生“税制风波”的推力，把问题搞得越来越复杂，帽子越来越大，气氛越发紧张。

毛主席动怒批评了吴波，吴波会放弃坚持说真话吧？吴波没有把自己的安危放在前头，他虽然讲究策略，把毛主席的批评接受下来，但他仍然坚持要说真话。在扩大的第24次领导小组会议上，吴波再一次作检讨。他明白，毛主席批评“泰山压顶”，自我检讨还是要做的，而在检讨中，他仍然坚持新税制保了税，多收了税。当有人不同意说新税制保了税时，吴波以不容置疑的口吻，反复强调说：“我们以为确是多收了税。”“计算起来，还是多收了税。”“犯了错误，不管受什么处分，我说，还是多收了税。”他在检讨中，不放弃讲真话，求真实。

而批评还在继续进行。经过近两个月的严厉批判，毛泽东认为问题已经基本解决，会议应该结束了。他在会上发脾气上纲是认真的，问题讲清了从宽处理也是认真的。

为了缓解会议的紧张气氛，尽快把结论定下来，在周恩来汇报时，毛泽东出主意把在外地休养的陈云和邓小平请回来参加会议。

在第29次扩大的领导小组会议上，陈云对薄一波和修正税制作了发言。陈云明确指出：“解放以后，到去年为止，加工订货、代购代销的比重逐渐增加。这样一来，就相对地减少了买卖关系，税收也随之减少，需要想办法来补救。在这种情况下提出新税制是有理由的。但是采取什么办法应该考虑。新的税制对税收减少缺乏分析，因此提出的补救办法是错误的。新税制的错误，其结果是很明显的：不利于社会主义经济，有利于资本主义经济”。

针对有些人提出的中财委存在两条路线的问题，陈云说：“我以为在工作中个别不同意见是不会没有的，在一起做了四年工作，如果说没有一点不同的意见，当然不行。这些意见，也不能说他的都是错误的，我的都是对的，也不能说他的都是对的，我的都是错的。总地说起来，我在今天这样的会上不能说中财委有两条路线。”

邓小平回到北京之后，表示赞成对薄一波的批评，但并不赞成把薄一波在工作中犯的错误，当作路线错误。陈云和邓小平的发言，对当时的会议气氛起到了降温作用，有利于意见的统一和结论的得出。

在全国财经会议即将结束之际，中央政治局于1953年8月10日晚，讨论了周恩来的结论报告，并进行修改。此前，毛泽东曾对结论有关段落进行多次修改，其中加写了他概括的关于过渡时期总路线的比较完整的提法；并在引述中共七届二中全会决议第四段论述即“同私人资本主义进行限制和反限制的斗争”的内容之后，加写了这样一句话：“以薄一波同志为代表的若干财经工作干部在对私人资本主义所犯的错误是直接违反上述规定的”。但把凡是说薄一波犯了“带路线性的右倾机会主义错误”之处，都删去了“带路线性”四个字。8月11日晚，周恩来在会议的结论报告中指出：“修正税制实施的结果，使税负公重于私，工重于商，打击了工业，特别是落后工业，帮助了私营商业，特别是大批发商，并使市场一度混乱，造成群众不满。这样，就有利于资本主义经济，不利于社会主义经济和半社会主义经济”，“是违反党的二中全会决议在这个方面所规定的原则的错误。”

在8月12日的会议上，毛泽东进行了进一步的总结，他指出，“新税制发展下去，势必离开马克思列宁主义，离开党在过渡时期的总路线，向资本主义发展”；新税制的错误“是思想问题，是离开了党的总路线的问题”；应该批判薄一波“有利于资本主义，不利于社会主义”的资产阶级思想；资产阶级“精神的糖衣炮弹打中了一个靶子，就是薄一波”；“宣传新税制的社论，资产阶级拍掌，薄一波高兴了”。为了解决这些问题，“关键是巩固集体领导，反对分散主义。”

二

新税制掀起了巨大风波，是吴波压根也没有料到的。鉴于对修正后的税制的上述批评，财政部会同有关部门，对新税制进行刻不容缓地重新调整，且分秒必争全力做好。首先，纠正了新税制所确定的“公私一律平等”的纳税原则，加快了对私营经济的改造。

1953 年 2 月 20 日，政务院财经委发出了修正税制后国营企业纳税若干具体问题的规定，明确指出：国营工矿产品应按中财委核定的调拨价格核税，全部税款由生产部门负担；调拨给商业部门的，一律按国营贸易公司批发价格核税，生产部门只负担原核定价格内所含的税款，其余部分由商业部门负担。对于合作社，新税制曾规定对代购、代销或包销，一律按进销货计税。

随后两条“规定”发出，税务总局发出了合作社代理购销及经营农产品纳税问题的通知，区别不同情况，也改变了规定；财政部发出了批准不纳营业税的私营批发商自 8 月 1 日起一律照纳营业税的通告，恢复了对私营专营批发商的征税。同时，也恢复了对小型工厂和非全能工厂的照顾，并重新加强了对商业的限制力度。两条“规定”力图迅速纠正新税制带来的不利因素。这个纠正的收效，立竿见影，税制政策的偏差，很快被校正了。

新税制的偏差是扭过来了，而问题却已上纲上线。1955 年 8 月，在全国税务会议上，吴波再次做了深刻检查，他把责任全部承担下来。他为什么把全部责任揽了下来？他不是为了保薄一波才站出来承担责任，而是他认为，新税制是他搞的，他应该负责。

1953 年 8 月，周恩来在全国财经会议上所作的结论指出：“税收任务：一方面要能更多地积累资金，有利于国家重点建设，另一方面要调节各阶级收入，有利于巩固工农联盟，并使税制成为保护和发展社会主义、半社会主义经济，有步骤、有条件、有区别地利用、限制、改造资本主义工商业的工具”；“税收政策：对公私企业应区别对待，简繁不同。对公私合营企业应视国家控制的程度逐渐按国营企业待遇。”这样，新税制所规定的公私平等的观念被否定。其次，恢复了对公营企业和合作社的税收优惠和扶持。

“税制风波”从一项政策，发展到上纲上线，很快又成为重大事件，无疑有它的深刻而复杂性。从吴波认识到的一般工作问题，被上升到路线错误，在薄一波面临危机的关键时刻，吴波主动承担错误，使得毛泽东主席动怒，几乎引火烧身，是吴波政治上不够成熟，还是他的胆子太大？都不是。吴波历经了风雨动荡的旧社会，也经受了枪林弹雨等世事沧桑，他是个思想缜密，做事精细，从不出风头的人，更不是天不怕、地不怕的人。那他为什么在那样烈火燃起、随时会被燃毁的危险时候，站出来承担错误？这是由于吴波的灵魂里，坚守“真”，那是根深蒂固不能动摇的。在这样的操守下，在他看来，税制是财政部拟订的，他吴波有责任，要把这个错转移到国家领导人薄一波身上，不符合事实；薄一波的责任，他认为是领导责任，不是直接责任。因而吴波面临丢官坐牢，也要扛着一个“真”，也要把真话说到底。这就是“税制风波”中的吴波，也是一生中为求真，什么都可以丢掉的吴波。

三

世上的任何事情，都有它的缘由，就像水有源、风有头、火有种一样。修正税制这项财税工作，最终酿成大的政治风波，也是有根源的。这个根源，当时谁也看不明白。

吴波后来才明白，1953 年修正税制风波，是在毛泽东考虑和酝酿过渡时期总路线过程中发生的。原来在建国后不久，毛泽东提出关于过渡时期总路线的设想，准备向社会主义过渡，但这并未成为党的决议，仅限于党内高层知道，薄一波也许并不清楚，吴波更不清楚。在毛泽东看来，公私问题涉及如何向社会主义过渡的大问题，亦即是如何对待私人资本主义的问题。而被贴上“公私一律平等”标签的新税制却还是继续沿着新民主主义的轨道前进，这与毛泽东的设想背道而驰。

当然新税制修正中的缺点，也是明显的，虽然新税制确实起到过保税、增税的作用。但也有操之过急、工作过粗的毛病，有些具体条文修改得不适当，致使2000多户被合理批准免缴批发营业税的专营批发商得到了一些便宜，工厂税负相应增加，个别商品也因实行新税制而提了价，以致在很短的时间里确实引起一些混乱等。吴波面对受到的严厉批评，虽有看法，但他感到税制修正工作中确实存在的一些严重缺点，自己是有责任的。

这次“风波”的根源，在于修正税制实行“公私一律平等纳税”，而没有区分国营经济和私营经济的不同性质，以及国家对这两种经济成份的不同政策。对新税制的批评，实质上也就成为在全党范围内进行的、第一次关于过渡时期总路线比较集中的讨论，也预示着我党对私营工商业政策的转向。

对于那场税制改革风波的是是非非，吴波多年来从不提。只是1990年11月25日，薄一波写解放初期税制改革的文章，请吴波谈意见时，吴波说，修正税制方案是他搞的，责任在他，不能落到薄一波身上。他还说自己不去翻旧案，要翻由中央去翻。在薄老一再要求下，根据他的意见，由儿子吴威立整理出来，寄给了薄老。

时隔若干年，薄一波请吴波谈“税制风波”，吴老接到薄老的信，想了许久，对当年税制改革谈了他的看法——

薄老写这样一篇文章，我是赞成的。写，就要恢复历史本来的面貌。解放以来工作中就有左的东西，批了修订税制以后，左上加左。一波同志讲，影响很大，是对的，它大大缩短了过渡时期的时间。原定“三大改造”的过渡要十五年左右，结果只花了三年时间就结束了。陈云同志讲解决资本家的办法很多，只是时间还没有到；商业部担心资本家躺倒也是有道理的。澄清历史事实，恢复修订税制这个问题的本来面貌，中央若有这个打算，写出作为内部材料是有好处的。这件事只有一波同志合适。

在财经会议上出现上纲上线，这件事在“高饶事件”之后问题都清楚了。整理《毛泽东选集》第五卷时，不应该再收入主席在会上的那篇讲话。收入的目的是针对一波同志的，这个看法我在中纪委召开的一次会议上讲过，并上了简报。

修订后的新税制的原则是对的，缺点是为了抢时间在1953年春节前出台，想多收一点税。由于出台过急，配套的政策没有跟上，引起了一些矛盾，后来都及时补救了。

我在会上作检查时，说过上纲的话，那些都是大会修订税制小组批判时讲的话。当时小组里的调子很高，但我不得不接下来。一是毛主席定了调，泰山压顶没有申辩的余地；二是各方面意见都很尖锐，地方上的同志为批判组织的一些材料又无法核实，难以把问题讲清楚；三是修订税制出了问题主要是我的责任，不能都推到薄老身上，看到大家批薄老，于心不安，我应当站出来承担我应该承担的责任。

修订后的新税制不存在打击工业，也不存在打击国营企业的问题。过去流通环节收工业货物出厂、商业批发和零售环节三道税。后来生产发展了，流通环节起了变化，有的工厂直接和零售商见面，使商业批发这一道税往往收不上来。为了保住税源，新税制把商业批发这一道税改到工业出厂时收，同时用提高出厂价格来调整工业和商业批发的利润。不存在挤了国营企业、压了工业的问题。缺点只是在实施过程中为了抢时间赶着出台，使相应的价格调整没有配合好出了毛病。但不是什么右倾的问题。

和资本家协商办税是一波同志在全国第三次税务工作会议上提

出来的，毛主席是赞成的，毛主席曾夸奖过一波同志提出的协商办税是个好办法。所以这一次修订税制我们也邀请了全国工商界的头面人物一起协商。那时候党的威望很高，我们提出的政策工商界都是拥护的，尤其是“三反五反”刚刚结束，资本家心有余悸，更不敢说三道四。新税制实施堵住了他们逃税、漏税的口子，实际上他们比过去是多交了税，但他们不得不赞成，根本不是什么迎合了资本家的需要，不存在右倾的问题。

“公私一律平等纳税”，这个口号当时不提好，提了也没有什么大问题。因为那次修订税制是针对着流通环节的，货物一上市，公私就很难区分了。它不同于所得税，只能对物不能对人，税制修订前是这样执行的，税制修订后，也只能这样执行。修订税制和中央各有关部门都充分协商过，并通过财政会议和税务会议与地方的同志多次共同酝酿过。

文章后几部分写了一波同志当时的一些看法和思想活动，都是很真实的，对理解事情的发生和本末是有益的。但我担心会不会引起一些误解，可否就税制修订这件事，用订正事实来加以说明，恢复它的本来面貌。

不是薄一波请吴波谈修正税制的看法，也许吴波永远也不会让人写出这样的文字。因为在财政部的任何场合，吴波从没提过修正税制中的他，没有提过替薄一波承担责任的一句话，更没有抱怨他在这场风波中受到的个人伤害。在他看来，抱怨和指责别人，用这件事抬高自己，与他做人是格格不入的事情。因而，这封信里，同他在税制风波的火热场面一样，说话真真切切，观点从一而终，没有怒气，没有抱怨，更没有牢骚。他的口吻里，对修正税制出现问题的看法依然如故，对毛泽东主席充满着敬爱，对税制风波的政治倾向带来的伤害而表现出宽容。所有这些，反映出吴波坚守“真”而不移，反映出吴波大海一样宽阔的胸怀。这守“真”的不移和宽阔胸怀，使得吴波讲这件风波时才能如此平静。

修正税制风波，后来成为一个事件，吴波讲真话，直言不讳，有的人对此大做“文章”，给他带来了政治和人生的危机，甚至带来了文革中的批斗等灾难。人们以为，经过了这大灾大难的“教训”，吴波一定不会再那样说真话了，恰恰相反，吴波不仅还说真话，连半点假话也说不出来。这让一些人感到，吴波是个“怪人”。有这样看法的人，是他们不了解吴波。

第三章 “重要任务”交了白卷

在文化大革命前期，有一个闻名于世的“桃园经验”，它给农村开展“四清”政治运动，提供了政治味浓厚、方法独到的经验做法。这件事情跟吴波有什么关系？与吴波有关系又没关系。“有关系”是他参与了这件事，“没关系”是他保持了清醒政治头脑，也保持了一个人的良知与正派。尤其是他在选择权贵与良知，邪恶与正义上，他选择了后者，从中折射出他完美的人格和高贵的灵魂。

“桃园经验”是 1963 年 11 月，在河北省抚宁县卢王庄公社桃园大队开展四清运动以后总结出来的。“经验”的主要内容是：先搞扎根串联，访贫问苦，从小到大逐步组织阶级队伍；然后开展背靠背的揭发斗争，搞“四清”；再集中地和系统地进行阶级教育，开展对敌斗争；最后进行组织建设。“四清”的内容已经不止是清工、清账、清财、清库，而是要解决政治、经济、思想和组织上的“四不清”。当时中共中央批示认为，“桃园经验”是在农村进行社会主义教育的一个比较完全、比较细致的典型经验总结，在许多问题上有普遍性。值得在全国推广。

“桃园四清”是速成的经验。1963 年夏天，河北省委已经在唐山专区抚宁县卢王庄公社蒲蓝大队搞过了“四清”试点。同年冬，卢王庄公社桃园大队“四清”工作队根据省委的指示，参照蒲蓝大队试点的经验，中央工作队接着试点总结出的经验，一时成了中央抓的头等大事。

“四清运动”不仅在方式上“左”的色彩很浓，在内容上，也完全受已经形成的“左”的理论的支配，将阶级斗争突出到前所未有的程度。在理论上极力强调阶级斗争在运动各项具体内容中的中心地位和重大意义。在运动的实际内容上，则把展开阶级斗争和“夺权”作为中心内容。而作为全国“夺权”典型的河北省抚宁县卢王庄公社桃园大队的所谓“反革命两面政权”，即产生于以上背景中的社教运动。

中央工作队拟定的“四清”方案大体分几个步骤：先搞扎根串

联，讲“双十条”，初步组织贫下中农的阶级队伍；然后搞“四清”，“洗澡放包袱”；再搞对敌斗争；最后搞组织建设，掀起生产高潮。

工作队人员进村后，公社向他们介绍，桃园大队是一类队，支部书记吴臣是贫农，忠实可靠，“‘四不清’的问题大概没有”。“只有一个民兵连长、治保主任关景东，被清出200块钱的问题”。进村以后，支部书记给工作队介绍情况：“小小不言的，有些多吃多占和浪费，贪污盗窃、投机倒把保证没有。”“现在主要问题是，关景东的200块钱，到现在只退了100元，那100元他不愿意退，一直拖着。”

工作队决定“要把真实情况了解清楚”。首先发动群众，第一次向群众讲“双十条”到了370多人。群众开始有顾虑，工作队就采取分组讨论的办法，把党员、团员、干部分开单独讨论，群众按队分组讨论。但群众还是有顾虑，工作队就先组织少数积极分子开会，逐渐扩大范围，从小到大。根据群众要求，又搞了意见箱。

经过这样背靠背开会，基层干部开始感到有了压力，有些干部开始交代问题。工作队认为这里的干部有几类：一是真劳动者出身，问题能谈透，敢于自我革命，如关景东。二是出身也还好，就是不敢讲，受人控制，如袁秀英、卢彦来。三是对工作队表面嘻嘻哈哈，实际上抵触很大，如支书吴臣、副支书赵树春。

于是工作队认为“问题逐渐暴露，斗争日益尖锐，‘四清’和‘四不清’的斗争，确实是包含着严重的阶级斗争”。基于这种认识上的偏差，工作队开始“选根子”，支部提了26个“根子”，工作队只选用了14个，又自行发展了11个。经过半个多月，各生产队组织了贫协小组，大队建立了贫协筹委会，工作队宣布“四清”正式开始。工作队采取边“洗澡”、边揭发、边查账、边查证的办法，同时让基层干部自觉“洗澡”、放“包袱”，自觉“下楼”。

“四清”开始时，工作队开了公社三级干部会，然后让桃园大队干部“洗澡”，也互相“搓澡”。但工作队觉得吴臣“不老实”，“严重的问题都不交代”，给工作队“制造麻烦，混淆是非”。

经过三次放“包袱”高潮，本来应该作为人民内部矛盾处理的吴臣被无限上纲：“吴臣想把持桃园的领导权，想要复辟，他要推翻‘四清’和对敌斗争的革命成果……由宗派斗争发展到反党程度，由人民内部矛盾转为敌我矛盾”；“吴臣是钻进党内的坏分子。过去他所领导的桃园支部……‘打着共产党员旗号，办的国民党的事。’吴臣实际上是钻进共产党内的一个国民党分子。”可笑的是一直到工作队撤出，承认“还没查出他和国民党有组织联系，也没有查出他与反动组织或特务组织的联系”。即使是这样，依然咬定“我们没查出来，并不等于就没有这种可能性”。最后，公社党委批准把吴臣清除出党，而且同意定他为坏分子。

以上处理结果，却形成了河北省委工作会议上的报告“一个大队的社会主义教育运动的经验总结”，其“经验”的主要内容是：先搞扎根串联，访贫问苦，从小到大逐步组织阶级队伍；然后开展背靠背的揭发斗争，搞“四清”；再集中地和系统地进行阶级教育，开展对敌斗争；最后进行组织建设。“四清”的内容已经不只是清工、清账、清财、清库，而是要解决政治、经济、思想和组织上的“四不清”。

桃园经验在全国介绍推广后，中央一领导要某部委从各部委报名去“四清”的干部中，物色几名有工作能力的干部去抚宁地区，巩固桃园“四清”成果并发展桃园经验。最后从推荐的几个人选中挑选了吴波。首长夫人多次约吴波长谈，首长也召见吴波并交代任务，还授予他一些机动处理人事的权力。

吴波积极报名参加“四清”是响应党的号召，到基层深入实践、提高认识水平，锻炼工作能力。接到中央领导的委托，吴波认真做了准备。但是在下面具体实践的过程中，吴波发现在“桃园四清”的夺权和对一些村干部的处理上，存在着过左的东西，在运动的过程中存在着逼、供、信等极端的方法。他觉得“桃园四清”中的这些作法，已经走到极其左的方向，这样经验的总结和推广，会产生严重后果。总结这样的经验，实则就是说假话，做假事，酿造灾祸。做这样的事，有悖于他做人的原则，难以完成中央首长委托发展经验的重任。可总结经验，是首长交待的任务，而不总结经验的后果，是抵触，还会被认为抵抗，要面临巨大政治风险。怎么办？吴波选择了实事求是，不总结。于是，他在向首长汇报时说，自己和下去四清的多数同志一样，没有什么值得总结的经验，向中央首长交了一个白卷。

交了白卷的结果，虽然没有带来政治迫害，但首长对他是失望的。虽然让首长失望了，但吴波的心却很坦然，他没有说假话，做假事。

这件事情似乎已经过去了，而没想到后来有人要做“文章”，要致他于死地。

“文革”中，造反派批斗吴波，说吴波如若不是黑线人物，为什么那位中央首长要从那么多干部中挑选他去发展桃园经验?！要给他戴“党内最大的走资本主义道路当权派刘少奇走狗”、“反党分子”、“黑帮”帽子。周恩来总理在一次接见造反派时，他们再一次提出吴波在抚宁发展桃园经验的事，要给吴波戴“帽子”。周总理说：“既然吴波发展了‘桃园经验’，是否把他搞的‘经验’拿出来看看!”结果是，造反派一个字也拿不出。

吴波又一次逃过造反派一劫，不是吴波幸运，而是吴波追求讲真话，做真事，做真人的结果。如若把官位、权利、虚荣看得太重，吴波必然会附炎趋势，随波逐流，假话连篇，为“桃园经验”妙笔生花、添光加彩的。吴波的“真”，他的坚守，是可以超越任何权贵、地位和名利的。

第四章　那些错都是我的错

这是又一场坎坷，也是又一次磨难。这次坎坷和磨难像一场迅猛的风，铺天盖地而来，没有防备，没法躲闪。文革的到来，无疑是吴波人生的又一次很大的灾难，也是一次更大的不幸。

这场灾难的核心，是制造颠倒黑白的人间故事。劫难到来，吴波在所难免。他有旧社会的经历，又在财政部副部长要职上，他成了造反派在财政部的重要目标。

那些年月的白天夜晚，是邪恶者编织罪名的日子。北京三里河不平静。财政部墙上每天贴满了大字报。虽然写这些大字报的大多人是形势所逼，但也有一些别有用心的人。唯有贴给吴波的大字报，写得很卖力，罗列的罪状一张比一张多。吴波上班从这些大字报前走过，起初只是粗略看看而已。后来贴得多了，火药味也越来越浓了，吴波从大字报前走过，连看也不看，好像墙上的东西在他眼里不存在。造反派看他不怒不恼，脸上平静得没事似的，后来竟然连看也不看了，他们很生气，就在大字报贴上墙的同时，派人给他送去，逼他看。而吴老看都不看，扔在一边，该干什么就干什么，气得造反派咬牙切齿。

给吴波罪行的“帽子”，在紧锣密鼓地编织着，且是精心以他型号量身订做的。随着运动的深入，给他的帽子，一顶接一顶戴在了他头上，且一顶比一顶大。吴波把这帽子接下来，又把这帽子扔出去。在这闹剧中，吴波仍然坚守着他的“真”，就是怎样逼他讲假话，做假事，那都是绝对不行的。

1967 年 1 月 24 日，财政部造反派把主持财政工作的吴波打成所谓的“刘邓司令部的黑干将”，并宣布要夺财政部的大权。一时间，揭发吴波“罪行”的大字报，雪片似地飞了出来。

有一张铅字打印、纸已发黄的大字报，是财政部一个造反派写的，从这张揭发吴波“罪行”的大字报里，可以看到那时吴波面临什么样的危险境地：

刘 XX、陈 XX 同志并财政部革命造反司令部：

在1月7日，我写了一个揭发先念同志的材料，现在再将有关吴波的问题作下述揭发。

吴波干过几件事，有的是有组织的行动，有的是个别的行动，其性质是属于和反党集团勾结，进行反党活动。

……吴波被刘少奇选中在1964年冬到抚宁县去“四清”，和刘少奇直接联系，是特派员，这件事本身性质是刘少奇派出亲信去巩固和推广王光美的“桃园经验”，其目的不外是在廿三条公布以前，对王光美的“桃园经验”做一些堵塞漏洞进行修补处理善后的巩固工作，按后十条的精神加以推广，在廿三条公布以后，也不能不顾廿三条把王光美这个桃园坏经验掩盖过去……当特派员的人，首要的条件是要忠于刘少奇个人，不忠于毛主席制定的廿三条，才能完成任务。所以，第一个选中反党分子蒋南翔去，因他有事不能去，才又选中吴波去。事实证明，吴波在完成刘少奇的任务上立下了功劳，但同时也证明了他去执行了刘少奇形左实右的私货，违反了毛主席的廿三条。

在刘邓问题未被揭发以前，吴波不向中央报告，虽然也很不对，但还情有可原，却推脱说是接受刘（少奇）的工作任务，是一般的工作关系。现在刘邓问题已揭得很深，王光美的“桃园经验”是棵毒草已尽人皆知，吴波被派去巩固和推广这个坏经验，是接受刘少奇的私任务，对抗廿三条的私活动，吴波却说与刘少奇是一般的工作关系，不想和刘少奇划清界线，已暴露出他是刘家的干将，很忠于刘少奇个人，不忠于毛主席和廿三条。

……在1953年财经会议批判薄一波，吴波表现对薄一波很忠诚，有过错往自己身上揽，不往薄身上推，来掩护薄一波。

把以上几件事联系在一起看，吴波的行为一是和安龚反党集团勾结，同流合污进行有组织的反党活动；二是做刘少奇的亲信，违反廿三条，去完成刘少奇的私任务，不是一般的工作关系；三是和彭真勾结，利用职权违法乱纪；四是和薄一波有私人关系。这些材料，已够说明他“反”字难逃。

……在肯定财政部在毛主席正确路线的指引下，取得了应有的成绩这一前提下，确有下述事实，证明吴波在十几年来，曾多次追随刘邓（及其同伙）反动路线，反对毛主席的正确路线，是走资本主义道路的当权派。

第一，在1953年毛主席提出对私营工商业限制利用改造的政策，薄和吴波则提出“征税公私一律平等”的原则来对抗，毛主席提出从1953年起开始第一个五年计划，搞经济建设，薄一波和吴波，立即在当年打了一个动用上年结余30亿的赤字预算，对工农业的发展起了很坏的影响。毛主席提出要执行统一领导分级负责发挥各方面积极性的原则，薄和吴波，则只强调“统一”，不重视地方党委，并凌驾于各部之上，违反毛主席的指示。

第二，在1954年，邓小平用鱼目混珠的手法，以六条具体措施冒充方针来和毛主席的“发展经济保障供给”方针对抗，引起很多财政干部的不满，但李先念和吴波则很迷信这六条，不理会干部的不满情绪，反而进行压制说：“你们不要怕失业怕没事干，按六条办没错”，直到十年以后的1964年研究财政体制改革时，还把这六条印出来作为指导方针。

第三，在1956年，毛主席在听财政部的汇报时有重要的指示：“要注意勤俭节约，自力更生发展经济，要注意发挥各方面的积极性，使大家都关心财政工作，不要尽搬外人的东西，要总结自己的经验走自己的道路”等，并且在听了各部汇报以后，提出了“十大关系”重要的文件，财政部对这些未进行很好的学习和讨论，但对薄一波在八大的发言稿，则进行了热烈的争论。这说明，吴波忽视主席的指示，对薄一波的观点，则极力宣扬鼓吹。

第四，在1957年，吴波随先念同志到南宁开会带了两个材料，一个是按陈云具体布置搞出来的“商业退利，税制改革方案，一个是有关1956年总结经验搞出来的那一套”。“职工多了三百万，又加上调整工资，增加了城市市场的压力，多投放了廿亿农贷，基本建设搞多了，又加上一个生产资料降价”，这是说吴波积极追随陈、李，搞反冒进。到了南宁，在毛主席严厉批评了反冒进的错误，这两个材料都未敢拿出来。但回来以后，只传达了毛主席的批评，未进行很好的讨论，还是反复申述那一套具体观点，来抵制毛主席的批评。

第五，1962 年西楼政治局会议，刘（少奇）、邓（小平）、陈（云）、李（先念），都大吹冷风攻击三面红旗，是一次大暴露，吴波是最积极活跃提供子弹的人物，一是为陈云准备农业材料；二是提出赤字预算；三是提出历年财政亏空，把矛盾都集中在财政上表现；四是提出管理混乱情况。总之，不是什么上面指示，下边照办，而是自觉地、积极地提供子弹，给刘、邓、陈、李大吹冷风提供攻击三面红旗的子弹。

……

XXX

1967 年 1 月 30 日

这张大字报，桩桩事情，描述得活灵活现；桩桩事情，都可致吴波于死地。

吴波看着这份满纸颠倒黑白的谎言，心有点惊，也镇定坦然。能不惊吗？文革运动如火如荼，造反派气势汹汹，许多被诬陷的老革命，不是被革职罢权，就是被打成罪人。吴波怕的不是丢官，怕的是把财政部搞乱了。他也痛心财政部个别人，为了往上爬，连人格、人品、道德都抛弃了，变成了说谎话、作恶的打手。但他又镇定自若。虽然造反派这张大字报罗列的罪状，看上去是那么回事，可本质上是捕风捉影，无中生有。他仍然坚信，真的假不了，假的最终真不了。

造反派要把假的想法做真。他们逼迫吴波交待历史问题，要吴波老老实实交待揭发他的“大字报”上的每个问题，不得隐瞒，要隐瞒死路一条。吴老说：“参加革命前对人民是有罪的；但到革命阵营之后，我是浪子回头金不换，你们可以查。”他们忙碌一番。而调查后的大量事实证明，吴波到革命阵营之前是无罪的，也是有功的。但造反派依然认定吴波历史上是有罪的。吴波幽默地抖出“参加革命前对人民是有罪”的“包袱”，让造反派喜出望外，断定吴波参加革命前必定有罪，便兴师动众地查他历史问题了，他们东奔西跑，查得相当起劲。

审问仍在继续。造反派断定吴波在修正税制上，反党反社会主义，反对毛主席。要他挖出背后指使他的“黑手”，要他揭发李先念的严重罪行。吴波说，修正税制的事情是我办的，出现的错，是我的错；你们指责李先念的罪行，那些事都是他经手办的，有错也是他的错。造反派面对软中带硬、“不识时务”的吴波，快要恼羞成怒了。

审问在加剧。造反派训斥吴波，“大字报”上揭发的问题要交待，“人民群众”揭发的问题也要交待，一件也别想漏过去！他们给吴波限定了“如实交待”的时间，如若限时不交待清楚问题，就要采取“措施”了。这“措施”，还会有什么？当然是动手打人了。吴波当即告诉造反派，没什么好交待的，你们想怎么样就怎么样吧！气得造反派几乎就要对他动手了。

吴波清楚造反派的用心。他们打倒他吴波更主要的目的是要打倒李先念。造反派一次又一次批斗吴波，让他揭发李先念的问题，吴波无言以对。

造反派对吴波说，再不老实交待，要对他“动手”了。但吴波仍然沉默。造反派终于按捺不住愤怒，对吴波动了手。造反派对吴波怎么动得手，打得多狠，吴波没告诉任何人。那些被整的日子，原来的秘书发现，吴老身上有很多块紫肿的地方。面对造反派强烈的攻势，有的人“归顺”了造反派，造反派让他说啥，他就说啥；让他干啥，他就干啥。这些人伪心的话，丧尽良心的话，都说了，伪心的事，丧尽天良的事也做了，不知给多少人造成了巨大的伤害。

吴波面对这些丧尽天良的人，既心痛，又感到惋惜。

出卖与策反，一刻也没有停过。仍有人动员吴波说，现在都在造反夺权，你当了这么多年财政部副部长，要起来造反，揭发李先念的问题，那你的前途就会无量的。吴波说，财政部的大事情都是我参与做的，有错也有我的份，怎么能都推到李先念身上。我这种人，是没有资格造反的！

造反派矛头对准李先念，要彻底打倒李先念。而李先念在周恩来身边协助总理工作，造反派虽也贴大字报炮轰，但抓不到本人，于是姚依林和吴波就成为财贸口造反派斗争的主要对象。吴老明白造反派的野心目的。造反派无论怎样斗他，他都从容面对。

造反派在财政部值班室里翻箱倒柜，到处搜索会议记录、档案、各种材料。他们拿着所谓的“材料”要吴波揭发李先念，大声向他喊叫交待李先念某某问题时，吴老总是很坦然地说：“这个问题先念同志不知道，这件事是我办的。”造反派又提出另一个问题，让吴波交待李先念的问题。他还是不慌不忙地说：“这件事，当时是我定的，与先念同志没关系。”造反派提出了许多问题，无论怎么质问，吴波总是说“这不是先念的责任，是我的主意，是我办的。”残酷的斗争场面下，吴波把所有问题揽在自己身上，承担责任，他是在捍卫他说真话、做真事、做真人的人格，也是在捍卫他的人格尊严。

造反派哪能对吴波善罢甘休。一时间，“打倒吴波”，“斗臭吴波”的呼声越来越高。周恩来总理很重视财政部面临的情况，也一直关注李先念、吴波等老同志的处境。看到造反派抓住吴波不放，严重地干扰了财政工作，为避免中央财政失去控制，他在接见造反派头目时总是强调财政不能乱，要让吴波出来主持工作。

但造反派并没有完全把周总理的话真正当回事，还继续批斗炮轰吴波。大字报的造谣中伤，黑帽子一顶接一顶扣在吴波头上。那些日子的财政部楼里楼外，“打倒吴波”，“斗臭吴波”的呼声，不时地会从什么地方冒出来。当然，对吴波的批斗、逼问也在进行。

无论如何逼供吴波，吴波仍然是那句话：那些错都是我的错，跟李先念没关系，跟其他人没关系。

吴波的坚毅，使造反派怒火中烧，他们变着法儿折磨吴波。造反派骂吴波，“又臭又硬”。不管造反派的气焰如何嚣张，他们也没能从吴波嘴里得到李先念半点所谓罪行材料。

造反派揪斗吴波越来越频繁，其他部委的部长们也被揪斗。面对这种险恶的情景，周总理深感不安，决定采取保护措施。经与几位副总理商议，他提出以国务院通知开会、汇报工作和写检讨等名义，让受冲击的主持财政部日常工作的吴波等其他部委部长们住进中南海“工字楼”宿舍，保护起来。然而，这保护毕竟是短期的，吴波回到财政部，又立刻被揪斗。

1967 年 1 月，造反派折腾得火热，感到彻底打倒吴波的时候到了，夺财政大权的时候到了。财政部的造反派宣布，打倒主持财政部日常工作的副部长吴波，财政部的大权归造反派。他们把吴波从办公室赶出去，并把办公室封住。财贸口各大专院校的造反派也进驻财政部，成立所谓“接管委员会”，财政部的正常工作秩序停止了，财政部的运转完全瘫痪了。

周恩来闻讯后，请示毛泽东同意，于 1966 年 2 月 5 日作出指示，让联络员传达给当时财政部所谓的“接管委员会”，指出财政是中央的权，财政部的业务权不能夺，业务工作请示李先念同志（兼任财政部长），财政计划指标要在三五天内下达，吴波同志因被斗身体不能支持，要休息。

周总理专程到财政部，安慰鼓励财政部的同志，排除干扰，坚守岗位，努力工作。周总理的到来，让吴波和财政部干部职工激动不已。吴波那伤痕累累的身心，得到了温暖的抚慰，他与造反派斗争的信心更足了。后来，周总理依然在身体每况愈下、政治情势对他非常不利的岁月里，还很多次接见财贸口的代表，为财政部干部撑腰鼓气，这给了在艰难困苦中煎熬的吴波莫大力量。

造反派对毛主席的指示，阳奉阴违，仍在到处煽风点火，企图夺取财政部的大权。在这关键时候，1967 年 2 月 17 日，李先念陪同周恩来接见财贸口的造反组织代表。周恩来在讲话中严正指出：财政大权是毛主席的权，是党中央的权，中央的财政大权不能夺，你们夺了中央的财政大权，中央还有什么？如果让你们夺了财政大权，我们就对不住党，对不住人民，对不住毛主席。李先念兼任财政部长，毛主席信任他，我们信任他。他又说吴波虽然政治上弱，但他是守纪律的。财政部依旧是李先念、是吴波负责。

周恩来讲完之后，李先念在讲话中对造反派头头提出了严厉批评。他说，有些人手伸得太长，要包打天下，太不像话了。你们就是要把我打成牛鬼蛇神，我已经不能再忍耐了。要讲革命性，也要讲纪律性、科学性。有些材料东抄一点、西抄一点，这样干，行吗？你们要打倒吴波，有什么道理？

这次接见后，李先念在周恩来的支持下，坚决不让造反派夺财政部的权，坚决支持财政部各部门照常工作。财贸口大专院校的造反派见无机可乘，只好悄悄退出了财政部机关。但造反派哪肯罢休，他们又抓住吴波在湖南放赈做文章。把放赈时湖南当局派兵保护，说成是吴波请国民党军队下乡镇压农民运动。后来还是停了吴波的职，夺了吴波的权。

造反派把财政部搞得乌烟瘴气。吴波等一批人被打倒，财政部乱了，工作瘫痪，派军队军管。军管会来了，认为财政部不需要这么多人，原来将近 800 人，只留下 100 多人，其余的包括吴波等大批干部被撵到“五七干校”劳动改造去了。

这么多的财政部骨干被下放劳动，业务也不搞了，留下来的也不让搞业务，清理旧档案，连决算的档案也清查不要。把档案弄出来，堆在空地上，点火，“哗啦啦”烧掉。吴波听了这事非常痛心。而更让吴波痛心的是，不知什么人出的坏主意，财政部实行了“无账会计”方法。什么事儿记在本上，不记账。实际上就是一本序时账，其他都不要，来一笔记一笔，记流水账就完了。

吴波痛心，怎么会烧档案，不记账呢，烧了档案今后靠什么查资料，不记账，钱花到哪里去了，谁能说得清楚！他感到这些恶劣行为，比批斗人还要荒诞无稽，是难以让人容忍的，而他却无处可说。虽然他在湖北沙洋，仍关心着财政部的业务，但他是被监管劳动改造对象，早已没有说话权了，仅有的只是心里着急。

吴波被打倒，并给戴上黑帽子，而财政部大多数人都明白，吴老没问题，是有人故意整他。文革后期，专案组查实，指控吴波在湖南放赈时让国民党军队派兵保护，是下乡镇压农民运动，既不是事实，也与吴波无任何关系。1974 年，通知吴波解除劳动改造回家，拟解放待分配。随后，周恩来总理过世，“批邓反击右倾翻案风”运动开始，吴波解放待分配的事又被挂了起来。

吴波虽结束了劳动监管改造回来，等待解放分配，但有人不会让他高兴起来，有人从中作怪，“解放待分配”便成了杳无音讯的漫长等待。

吴波等待得太久了，浪费了太多的时间。他多么盼望趁自己身体还行，为国家多做些事情。可他询问“有关负责人”，那些人总是冷冷地对他说，让他耐心等待。吴波问，还要等待多长时间？那些人说，不知道！吴波很快知道，他的头上还有黑云压顶，见不到天日。吴波和一大批“解放待分配”的干部一样，又在遭遇另一种精神折磨。吴波只好每天读书，养花，散步，平静地等待“解放分配”的到来。

“解放待分配”的事，等了一年又一年，到了 1978 年的春天，终于等来了，还是“有人”说话才被“解放分配”的，这个人就是李先念。在李先念的过问下，专案组才把吴波平反解放。这一“挂”，把吴波挂了近四年。

这一晃，从沙洋劳改农场回来并恢复工作，前后十年。吴波平静地说，这近十年的磨难，对他来说并不是他最大的心痛，最心痛的是他失去了人生中为国家做很多事的宝贵时间。

第五章 “西楼会议”波中“波”

在吴波的经历中，如果说“税制风波”的风险是带着“高压电”的，而“西楼会议”给他带来的风险，也同样是霹雳头顶的“高压电”。

“文化大革命”开始，刘少奇被打成“走资本主义道路的当权派”，遭到造反派的批斗。其“西楼会议”的思想和言论，成了重要罪行之一。造反派给毛泽东写信，控告吴波在“西楼会议”上为刘少奇反党反社会主义提供了“炮弹”。那么“西楼会议”与吴波有什么关联，吴波给刘少奇提供了反党反社会主义的什么“炮弹”呢？

1962年2月21日至23日，刘少奇在北京主持召开中共中央政治局常委扩大会议，讨论1962年国家预算和经济形势问题。由于是在中南海西楼会议室召开的，后来被称为“西楼会议”。陈云在这次会议上，就当时的财政经济情况和克服困难的办法作了重要讲话，这次讲话对当时的国民经济调整起了举足轻重的作用，也对他后来的政治生涯产生了重要影响。

中共中央“七千人大会”后，在研究1962年财政预算时，发现赤字很大，商品供应紧张，困难程度比“七千人大会”的估计还要大。刘少奇决定召开中央政治局常委扩大会议，即“西楼会议”，专门讨论研究这个问题。会议由刘少奇主持，参加会议的除中央常委外，还有各中央局、各省、市、自治区党委第一书记，中央各部和国务院各部委党组的主要成员。毛泽东因在外地，未出席这次会议。会议的中心是讨论1962年的国家财政预算和整个经济形势等问题。陈云在会上作了重要讲话。会议在讨论研究财政经济困难时，发现从1958年至1961年在财政上每年都有赤字。实际上已挖了商业库存，涨了市场价，多发了票子来补赤字，并动用了一部分黄金、白银和外汇储备。工业、交通设备失修，水利缺失，这些都需要大量资金。因此，会议指出，我国的财政经济困难是十分严重的，我国经济处在非常时期。目前的主要任务是：全党必须集中力量，大力发展农业和日用品的生产，首先解决吃、穿、用的问题，稳定市场，制止通货膨胀，争取国家财政经济状况的基本好转。基本建设，在近两三年内，除了维持简单再生产和必要的扩大再生产外，其他一律停止，并以农业为基础，迅速调整 1962 年的年度计划。

是该讲清楚问题的时候了，讲清问题，恢复经济才有出路。吴老与陈云，都是这个观点。于是，会上陈云在讲实打实的话：在农业上有很大减产，而且农业生产的基本条件还不如过去，农业生产的恢复不可能很快。在基本建设上，建设规模同国家财力、物力和农业生产水平不相适应。在金融、市场上，因为多发了钞票，市场供应紧张，特别是工业品不足，城市里的钞票大量流向农村，在人民生活上，城市人民生活水平下降，实际工资下降很多。陈云讲的问题深刻而准确，别人都清楚，有一些是吴波组织财政部人员提供起草的。

刘少奇的讲话，对问题说得更直白："中央工作会议（即'七千人大会'）对困难情况摸底不够，有问题不愿揭，怕说漆黑一团！还它本来面目，怕什么？说漆黑一团，可以让人悲观，也可以激发人们向困难作斗争的勇气！""现在处于恢复时期，但与 1949 年后的三年情况不一样，是个不正常的时期，有非常时期的性质，不能用平常的办法，要用非常的办法，把调整经济的措施贯彻下去。刘少奇赞同陈云的讲话，并建议召开一次国务院会议，由陈云充分讲一讲，让参加国务院会议的全体成员都了解我们的经济情况，了解我们的方针。

"七千人大会"严肃认真地对待"大跃进"以来所犯的错误，中央领导人带头检讨、承担责任，创造了良好的民主气氛，为贯彻国民经济调整方针奠定了基础。但是，会上没有也不可能从根本上改变"左"的指导思想，大家对当时财政经济方面困难的估计仍不够充分，认识还有待于深化。"西楼会议"根据"七千人大会"的精神，进一步对"七千人大会"未能充分展开讨论的问题进行了讨论，发现了一些在“七千人大会”时没有暴露出来的严重问题，使中共中央认识到必须下更大的决心来进行调整。

“西楼会议”讨论中发现，1962 年国家预算收支指标，“有些收入不落实，有些支出有缺口，表面上平衡，实际上有一个相当大的赤字”，计 50 亿元。这些情况使中央领导人感到震惊。为此，刘少奇强调：只有暴露了问题，才好解决问题。

1966 年 8 月 1 日至 12 日，毛泽东在北京主持召开中共八届十一中全会。全会印发了 8 月 5 日毛泽东写的《炮打司令部——我的一张大字报》。这张大字报主要目的，是要“炮打”刘少奇、邓小平这个资产阶级司令部。

1968 年 10 月 13 日至 31 日召开的中共八届十二中全会，作出把刘少奇永远开除出党，撤销党内外一切职务的决定。这个决定，对吴波意味着什么？吴波对这个决定吃惊，而吴波压根也没有想到会给自己带来什么。可有些人很快感到这件事对吴波“有文章”可做。

刘少奇“西楼会议”的财政预算数字等，是吴波如实提供的。造反派为吴波列了罪状：“……西楼政治局会议，刘（少奇）、邓（小平）、陈（云）、李（先念），都大吹冷风攻击三面红旗，是一次大暴露，吴波是最积极活跃提供子弹的人物，一是为陈云准备农业材料，地亩、牲畜、农欠、籽种、茬口等情况；二是提出赤字预算；三是提出历年财政亏空，把矛盾都集中在财政上表现；四是提出财政经济管理混乱情况。总之，不是什么上面指示，下边照办，而是自觉地、积极地给某些人攻击三面红旗提供子弹。”

吴波为“西楼会议”提供这几个方面材料，确实是事实。而当时，准备这些材料，吴波和财政部一些同志也是有顾虑的。尤其是如实提供预算赤字，历年财政亏空，财政经济管理混乱等问题，是极为敏感的问题。吴波不是没有想到过，“大跃进”的浮夸风，仍在继续盛行，连财政部等国家部委的大院里，也搭起了炼钢炉，财政部干部放下业务，炼起了钢，这让他觉得荒唐可笑。还有让吴波更为不可理解的是，到处在放“卫星”。农业放“卫星”，工业放“卫星”，连有些地方财政收入也放“卫星”，全民都在认为“全国山河一片红”，谁说社会主义不好，谁说哪些方面有问题，那就是攻击无产阶级政权，攻击伟大的社会主义，攻击毛泽东思想。

财政经济面临这么大的困难，又面临这么多问题，是如实上报，还是迎合时势唱赞歌？有些同志感到，把财政经济如此严重的问题反映上去，虽然是讲了真话，但有可能被某些人误解，甚至做“文章”，会面临极大的政治风险。吴波说，财政经济面临的困难，存在的问题是马虎不得的，不马上解决会出现严重后果；这些问题也不是财政部能够解决的，只有中央引起重视，才能够拿出办法解决好；别人放“卫星”不能学，财政经济工作是绝对不能放“卫星”的！吴波组织有关人员，仔细准确地准备材料，坚持实事求是地给领导反映情况。

造反派把吴波如实给中央提供的财政预算存在的问题，认定是为刘少奇提供了反党反社会主义“炮弹”。他们给吴波戴上了一顶帽子：“紧跟刘少奇的黑帮分子”。

造反派给吴波的这顶帽子很大，足以把他彻底“专政”掉。吴波并没有被这些大帽子吓住。造反派逼他交待背后指使他提供这些“炮弹”的人是谁，吴波坦然地说，他是如实反映财政经济工作的问题，压根也没想过为谁提供“炮弹；即便他不反映这些问题，这些问题还在那里放着，他是讲了真话而已。掩盖这些问题，就是对不起毛主席，就是对人民的犯罪；讲真话，做真事，难道有罪吗?！吴波毫无畏惧地大声质问造反派，造反派竟然半天对不上话来。

第六章　绘在财政长河里的彩虹

新中国诞生前夕的一个清晨，一支特殊的队伍，带着办公用品，带着账本，带着财政文件档案，进入了北京，进驻到了三里河，日夜兼程地筹备成立中央人民政府财政部。这是华北人民政府财政部的队伍，他们与大批开进北京的华北人民政府的队伍一起，把办公室搬到即将确定的新中国首都办公。在华北人民政府财政部的队伍中，有位穿灰色的中山装，身材修长的中年人，一路不知疲劳地与预算部门的王丙乾等，交谈新中国成立后财政预算问题。他是那么年轻俊秀，英姿焕发，对未来肩负的使命，充满自信和活力。这个俊秀的干部，就是华北财政部副部长吴波。吴波一路上急切地探讨这样那样的问题，因为他在对未来满怀喜悦的同时，也对未来肩负的使命而焦急。这是由于吴波清楚，正如毛主席所说的，他同样也是来进京考试的。考试的题，是建立新中国财政的大题，没学过，太复杂，很棘手，考不好后果不堪设想。

吴波那代财政人，遇到的这道大题，太难。新中国财政要在一片废墟上建立，留给国库的什么也没有，且新中国建设急需大笔钱。解好这道题，不是那么轻松的事。

难题是想象不出来的。在旧中国留下且崩溃了的国民经济基础上建立的中国财政，像在一堆倒塌了的瓦砾上，建设高楼大厦。瓦砾没有一块是能用的，且瓦砾下面，方圆周围，是洪水遍地的荒田，还有危机四伏的陷阱和炸弹。

新组建的中央人民政府财政部，薄一波兼任部长，吴老也由原华北财政部副部长，改任新组建的中华人民共和国财政部办公厅主任，后任财政部常务副部长。吴波在原华北财政部的领导岗位上，研究与建立了华北的工商税收制度和公粮征收制度，经验丰富，就让他主管财经政策，包括财政、粮食、物资、税收等这些“重量级”政策的研究制定。薄老器重吴波，把财政部许多重大工作交给他主持，且直接向周恩来、陈云、薄一波等领导汇报。新中国急需建立税收政策，吴波一个阶段的主要精力，便放在税收政策的确立和税制的创建上。

吴波明白，急需做的事情太多了，必须迅速了解社会现实情况。他立刻调研，而每到一个地方，问题之多，困难之大，让吴波夜夜难以入睡。这些问题对新政权来说，哪个不比天大：百业凋敝、生产萎缩；交通破坏严重，物流不畅；物资匮乏，市场投机猖狂，物价飞涨，工人处于失业和半失业状态，尤其是严重水灾造成4000万农民急待救济。

新生的政权需要巩固，民生需要安定，财政急需筹集巨额资金，解决严重通货膨胀，恢复工农业生产，扩大就业和救济灾民。解决这些刻不容缓的事情，钱从哪里来？吴波很是发愁。

发愁的还不仅仅是这些问题，大宗的开支接二连三出现。经费开支需要大增。随着新中国成立，除了需要增加一些必要的行政管理机构和人员外，为避免一些不愿继续抵抗的旧军政人员流离失所，中央人民政府实行了对其生活和工作一律包下来的宽大政策，以利于社会安定，这样不可避免地大幅度增加经费开支。

新中国成立虽然标志着国民党的战争机器已被摧毁，旧政权已经瓦解，但解放战争任务尚未完成，国民党残余军事力量还盘踞在西南、华南一些省的部分地区，同时国民党逃跑时在大陆还留下了大量特务和武装土匪。为保卫新社会的安全，必须将革命进行到底，迅速肃清在大陆的残敌，因此军费一时还难以减少。与此同时，国际上被赶走的帝国主义分子不甘心失败，一方面不承认新生的政权，对新生政权实行经济封锁，一方面虎视眈眈地看着新生政权，试图寻机反扑。1950年朝鲜战争爆发，战火烧到我国边境地区。为了保卫我国的安全，中国政府被迫派出志愿军，进行抗美援朝、保家卫国的正义战争。这又额外地增加了巨额军费负担。

新生财政面对各项巨额财力需要，但是所能筹集的财政收入却十分有限。由于长期战乱造成民力消耗极大，工厂处于停产与半停产状态，人民政权必须给人民以休养生息之机，以恢复民力，这就要求财政努力减轻人民负担；并且由于通货膨胀十分严重，也不能再靠发行货币来解决财政收入问题，财政收支矛盾十分尖锐。当时专家有个测算，财政支出的需要，几乎是财政可能取得的收入两倍多。能否解决财政困难，事关新政权的安危。

敌对势力看到新生政权面对的严峻财经形势，十分幸灾乐祸，并预言中国共产党，军事上也许可以，但经济上不成，用不了多久，就会因解决不了财政经济问题而垮台。

这正是建立和巩固社会主义政权，建设社会主义道路的艰辛时期，也正是财力几度吃紧的时期，财政工作的举步维艰，需要探索和解决一系列财政重大难题。肩任财政部副部长的吴波，日夜忙碌的事情，是马不停蹄地与财政部人员破解这些重大难题。

一

这是财政历史上的特殊年代。在这个特殊历史时期，财政经历了四个不同阶段和不同寻常的历史时期，那便是恢复国民经济阶段、实现社会主义改造阶段、全面建设社会主义阶段以及“文化大革命”阶段。在这特殊时期，吴波思考探索了一个接一个高难度的问题。

如何让敌人预言的“让财政经济困难拖垮新中国政权”成为一句空话？中央人民政府并没有被严重的财经困难所难倒，而是采取了一系列缓解困难的财政政策，吴波一边落实中央财政政策，一边也为国务院、党中央献计献策。

为建立合理的预算，吴波着力推行“量入为出”和“量出为入”相结合的财政方针。新中国成立两个月后，中央人民政府委员会第四次会议集中研究了财政问题，薄一波提出了预算的基本精神，保障战争的胜利，逐步恢复生产；坚持“量入为出”和“量出为入”相结合，取之合理、用之得当的财政方针。“量入为出”是论钱吃饭，不能搞赤字；但保障战争胜利和恢复经济没有钱不行，所以还要“量出为入”，发行建设国债。再就是保障支出不超过预算，圆满实现预算草案。

“量入为出”也好，“量出为入”也好，而国家财政亏空，还有巨大赤字，主要支出却由中央人民政府来承担，国家的财政收入，大部分却掌握在地方政府手中，使中央人民政府的财政收入空有其名，而无实力，结果造成财政赤字、通货膨胀、物价上涨等问题不能得到根本的解决。吴波感到从根本上不能解决中央财政的财力问题，急需要做的是要统一国家财政经济的工作并把权力收归中央。吴波与财政部人员提出了三大建议：统一全国财政收支、统一全国贸易和物资调动、统一全国现金管理。这些建议正是陈云想要推行的，这一主张得到了中央人民政府的支持，统一财政工作，很快在全国得到落实，调顺了中央与地方财政的关系。

财经工作的统一，国家的财政收入迅速增加，收支逐渐接近平衡，财政赤字缩小，人民的情绪安稳下来，不再为一日三变的物价操心，不但抗美援朝的物资供应有了保障，国家的重点建设也开始顺利进行了。后来，陈云在评价统一财经工作时说，1950 年财经方面做了很多工作。重点只有两个，一是统一，二是调整。只此两事，天下大定。毛泽东盛赞说，其意义不下于淮海战役。

由于实行了财政经济工作的统一管理和领导，还从 1950 年起，又加强征收工商业税和农业税的工作，发行了三亿元公债，同时大力节约开支，特别是节约国家机关经费的开支，国家的财政收支很快就接近了平衡，并且经受了抗美援朝经费支出的考验。到 1951 年，国家财政已有余额十亿多元，1952 年继续有余额七亿多元。国家财政结构发生了重要变化。

在恢复国民经济阶段，如何探索解决财政收支矛盾，确保新生政权各项财力需要？吴波提出对新生政权的一切需要必须确保，国防开支不能少，市场物价必须稳定，钞票不能再多发，经济建设也要搞，出路在于厉行节约、优化支出结构，分清主次，在支出安排上实行国防第一、稳定物价第二、其他第三的方针，即后来将其称作“边抗、边稳、边建的方针”，按此方针安排 1951 年国家预算。他的建议，被列入 1950 年 11 月召开的全国财政工作会议，会上进行专门讨论，采纳了吴波等财政部的大量建议、对策。

实行了财经工作中央与地方的统一，如何调动地方积极性，是个大问题。吴波又参与推行分级财政体制改革等。经过一系列举措，不仅保持了物价的持续稳定，很快克服了财政困难，实现了财政收支平衡，而且有力地保障了军事上的巨额需要，也保障了恢复国民经济的各项需要。这些财政政策实施不到 3 年时间，以有限的财力保障了军事、经济发展巨大需要。在军事上肃清了国内残敌，对外打败了以美国为首的侵略军，取得了抗美援朝战争的伟大胜利；完成了恢复国民经济的艰巨任务，经济社会各个基本方面都恢复到或超过解放前最好水平，实现了财经状况全面根本好转。

在实现社会主义改造阶段，吴波与财政部同仁们围绕党中央的战略决策抓紧调整完善财政政策。1952 年国民经济恢复重任基本完成后，年底党中央根据毛泽东主席的建议，提出了社会主义过渡时期总路线和总任务，即“从中华人民共和国成立到社会主义改造基本完成，这是一个过渡时期。党在过渡时期的总路线和总任务，是要在一个相当长的时期内，逐步实现国家的社会主义工业化，并逐步实现国家对农业、对手工业和对资本主义工商业的社会主义改造”。财政在推动和促进社会主义改造的实现中，从财力和制度政策上，采取了一系列的保障和促进措施。

这时国家农业社会主义改造全面铺开，要鼓励和推动农业生产者走合作化道路，将一家一户的小农生产，改造成合作化的大生产农业。这一设想牵扯到细致入微的财政政策扶持。吴波与财政部有关人员经过深入调研，拿出了政策方案，经中央批准，诸多鼓励和支持的财政政策出台，调整农业税征收政策，实行查田定产、一定三年不变，使农民税负稳定在 1952 年的水平上，以利于农民直接体会到农业合作化提高生产力的好处，利于促进合作化发展的财税政策的制定。

还有，调整工商税制，对农业生产合作社实施优惠，凡农业合作社自产的农、林、牧、渔产品，以及在本合作社内公用或分给社员，和社员之间相互调剂余缺的产品，一律免征商品流通税、货物税、营业税和所得税，出台鼓励农民参加合作社积极性的财税政策，在财力上支持合作社，在农村建设国营农机站，为农业合作社进行机耕作业，拨巨款支持农业合作社兴修农田水利，推广新式农机具和优良品种，防治病虫害等的财税政策，对农民加入农业合作社时缴不起股金的，国家给予低息贷款支持等财税政策。这些政策效果立竿见影，激发了农业生产的活力。

资本主义工商业者的社会主义改造也同时展开，财政为促进进一步改造，制定出台了许多切合实际的税收政策，促进了社会主义优越制度的建立。

改造农业、工业中财税政策的建立，为全面实行社会主义建设积累巨额资金奠定了基础。从 1953 年起，我国实施社会主义建设的第一个五年计划。国家没家底，而又正遭受帝国主义经济封锁，除了苏联能提供可贵且有限援助外，既无其他外援又无经验。如何建设社会主义，大量的钱从哪里来？唯一可以做的是，发扬自力更生的精神，通过自我积累资金来满足建设需要。积累社会主义建设资金的重任，自然地落在了财政上。吴波感到肩上的使命，每天都在增加。他与财政部同志同舟共济，拿出了一项项促进生产、积累资金的办法，对“一五”计划的顺利实现，发挥了财政重要的作用。

“一五”计划于 1957 年胜利完成，建成投产的项目中，有三百多个工业项目，加上农林水利、交通运输、商业服务、科学文化教育、城市公用事业及其他项目近百个，几乎覆盖了所有的国民经济部门，有效地为我国工业化奠定了基础，也为科学、文化、教育、艺术、卫生、体育等事业发展打下了基础，同时人民生活也得到很大改善。

虽然“一五”计划胜利完成，我国的国力得到了显著增强，同时也取得了丰富的经验。然而接着出现的“大跃进”和“人民公社化”运动，以及各行各业大搞的“浮夸风”和“共产风”，必然反映在财政上，那就是财政收支大幅度地快速增长。于是在现实生活中出现了一个怪现象，在各个方面一派大好形势下，银行坏账大量发生，市场的物资供应日趋匮乏，商品库存大幅度缩减。

那么生产出的东西哪里去了呢？国务院副总理兼财政部长李先念，找吴波商谈这个问题，他对吴波说，这里面很可能有“鬼”，你们下去调查研究一下。

吴波带领财政部和有关部门同志作深入调查，终于弄明白了这个问题，原来是“浮夸风”造成的价值形态上的虚假膨胀，实际上并未生产出那么多商品，再加上由于瞎指挥和片面追求钢铁的高产量，各行各业不讲效益只讲速度又造成了物质上的巨大浪费。所以在实际生活中就出现了统计数字上虚假膨胀，而市场物资供应却日趋匮乏，库存大量减少的恶果。

根据吴波等人员的详细调查，李先念把这种情况如实向中央作了汇报，中央认为这是个重大问题，必须解决。并决定在庐山召开会议解决“左倾”思潮时，予以纠正大跃进造成的国民经济混乱。遗憾的是，“大跃进”没有得到调整，“浮夸风”、“共产风”更加严重。由于违背经济规律，导致农民生产积极性严重受挫，轻重工业比例严重失衡，造成全局性粮食供应的巨大缺口，致使全国陷入严重饥荒之中。财政陷入危机，国库入不敷出，国家不得不把经济建设停下来，进行了三年的调整。

1966 年夏，在以阶级斗争为纲的错误理论指导下，“文化大革命”运动的进行，使经济社会陷入无政府式的混乱状态之中，导致工农业生产大幅度下降，致使许多地方政府陷入难以保障行政事业单位正常运转基本需要的困境。财政为克服困难，支撑共和国行政事业运转的需要，在周恩来总理和一些老一辈革命家领导下，与林彪、江青反革命逆流，进行了艰苦的斗争。为恢复生产秩序，克服财政困难，广大财政工作人员，在中央支持和领导下，一方面改革财政体制，实行了财政收支两条线，即收入全归中央统一调度，支出全由中央供给的办法，以利于两个文件的贯彻执行和保障各级政府运转的需要；一方面不怕批斗，不怕围攻，下基层，推动两个文件的贯彻执行。经过艰苦努力，于1970年终于实现了财政状态基本好转，达到了收支平衡略有结余的目标。

在建国初期财政经济非常困难的情况下，吴波以卓越的智慧和才能，与财政部同仁实现了财政工作高难度的跨越，使国家渡过了第一个难关，在完成经济恢复工作、保障抗美援朝胜利、稳定市场物价中发挥了巨大作用。

二

建立税制，是建国初期财政的重要工作。在建立共和国税制里，吴波以他坚韧不拔的毅力，作出了不懈的努力，留下了浓墨重彩的画卷。

新中国成立，确定了时间。而建立新中国，迫在眉睫的是需要钱来支撑共和国大厦的根基，让共和国巨轮运转起来。而现实是残酷的，在一片废墟上建立起来的共和国，要建立一个新的世界，国家财政的国库里，几乎空空如也。财政的钱从哪里来？只有税收。国家急需要建起税收功能。周恩来总理提出要求，要在建国前，抓紧研究创立完备的新中国的税制。创立税制，是财政部职能业务，吴波受命挑起了这一重任。

1949年新年刚过，吴波带领财政部的人员，日夜兼程地组织筹划召开了首届全国税务会议，布置了创立新中国税制这一重大工作。会一散，他带人坐上了去上海的火车，要在上海蹲点做税制创立的调研。吴波与各阶层人士座谈研究两个多月，在取得第一手材料的基础上，根据中央决策，综合会议讨论意见，动手起草了报送中央的会议总结报告。吴波提出，增加财政收入，着重于城市税收，不能再加重农民税收负担；统一全国税政方案，简化税制，合理负担。除农业税外，全国只设 14 个税种，并确定税率依据的标准。他的报告，得到中央批准。

有了中央对创立税制原则的充分认可，吴波立刻动手组织起草统一全国税政、税制、明确税收管理体制的纲领性文件。经过几十个白天黑夜紧张而严谨的草拟，他主持起草和亲自反复修改的《全国税政实施要则》成稿。中央对这个方案，充分认可。1950 年 1 月 30 日，由政务院通令在全国实施。

那些年的三里河财政部机关的夜晚，灯彻夜地亮，吴波带领有关部门人员挑灯夜战，研究税收政策。不知熬过了多少夜晚，倾注了多少心血，三年时间，研究草拟多达 40 个税的法规、制度。

他主持起草货物税、工商业税和其他各税暂行条例，以及全国税务机关暂行组织规程，经政务院审定，陆续颁布实施；还经他亲自审改，由财政部发布了各税条例施行细则，从而废除了国民党统治区名目众多的苛捐杂税，各革命根据地有较大差别的工商税制也停止执行，建立和逐渐完备了崭新的、统一的社会主义中国税收制度。这样，国家的财政税收工作，就从农村转到了城市，作为国家统一和加强整个财经工作的重要组成部分，在立即扭转当时的财经困难局面、促进和保证国民经济的迅速恢复及发展中，起到了重大作用。

他主持研究起草的《新解放区农业税暂行条例》，在其后几年，由他审改颁发了一系列农业税法令，初步建立了新中国建立初期的农业税收制度。特别是在 1958 年，为适应形势发展，由他主持研究起草了《中华人民共和国农业税条例》，亲自写《条例》（草案）说明，向全国人大常委会会议报告，阐明“稳定负担，增产不增税”的方针，明确稳定农业税负担的具体政策内容。这份条例经人大常委会审议通过后，毛主席亲自签署公布，从而废除了原有各革命根据地和新解放区的不同税制，在全国范围内统一实行分地区的比例税制。农业税政策的确立和税制改革，使农业税占农业实产量的负担比重大幅下降，减轻了农业税收负担 ，鼓励发展农业，巩固工农联盟，在过去长时期内收到显著效果。

吴老为新中国税制的建立，创造了辉煌，也费尽了心血。吴老离休了，还关心税制的事情。1984 年的工商税制全面改革，吴老作为财政部顾问、党组成员，参与策划这一税制的设计，逐条逐字，力求法制内容准确完善。这一税制实施后，彻底扭转了过去长时期形成的税制单一化倾向，创建了多税种、多层次、多环节调节的复合税制新体系，从而配合并促进了经济体制改革、对外开放、经济结构调整，也促进了经济社会全面发展，保证了税收收入大幅度增长。

在治税之路上，吴波经深思熟虑，提出的几个“结合”，其中闪烁着他治税思想的光芒。这几个“结合”，给建国初期的税收，打通了问题的关键点。

建国初期，相当多的人认为，税收是凭借政治权力，利用强制的手段向纳税人无偿取得财政收入的一种方式。这种观点强调了税收的强制性和无偿性，却忽视了社会主义制度下税收的特殊性。吴波提出，不要单纯地只是为了完成税收任务，而应认真研究税收政策，广泛宣传政策，将完成税收任务和严格贯彻财税政策有机结合起来。如果不这样做，在政策上就会出毛病，就会影响工商业的发展，就会使老百姓误解我们的税收和国民党的税收没有什么区别；税收是社会主义制度下的一种协作关系，纳税单位既是纳税人，又是办税人，是一种新的征税人和纳税人的关系，也是我为人人、人人为我的社会主义的协作关系，税收必须以依靠群众、依靠企业、依靠基层相结合，要以专业征税与群众协税相结合；从促进生产入手来组织收入，在促进生产的同时，抓紧组织收入工作，保证社会主义建设资金的需要；然而，又不能光是去搞生产，还要组织收入，对财税部门的工作人员来说，组织收入就是最大地促进生产。抓税收要与抓生产相结合。

在我国社会主义改造基本完成和“大跃进”前后，社会上曾经涌现出一股“税收无用论”的浪潮，当时财政部召开了一次重要会议，会上大多数同志都主张取消税收。1958 年 10 月，农村开始实行财政包干，接着在一些城市进行了“税利合一”试点，都不另行征税。吴波在深入了解试点情况的基础上，坚决反对“税收无用论”，认为税收是调节宏观经济的重要工具，不论在理论上还是在实践中都大有用处。1959 年 5 月，他调研一番后，提出了税收在生产资料私有制改造基本完成以后的重要作用，特别是突出了税收对全民所有制经济的作用：有利于国家有计划地安排生产；有利于企业加强经济核算；有利于调节社会消费；有利于生产物价管理；有利于财政积累。这个调研结果，找准了问题的根本。继而吴波提出，应立即按照财政部草拟的办法，在农村恢复征税，在城市停止“税利合一”的试点。他的这一观点，对扭转当时“左倾”错误、把税收工作拉回正常轨道上来起到了决定性的作用。

吴波对税收的理解与解释独树一帜，赋予了税收制度新的内涵。

三

吴波担任财政部长时，王丙乾为副部长。王丙乾结识吴波，是 1947 年。吴波去世后，王丙乾深情地回忆了对吴老的敬爱。王丙乾说，那时，吴波在冀中行署财政厅工作，有一次到晋察冀边区财政厅汇报冀中区的财政预算，第一次见到了吴波。1948 年，他调到华北人民政府财政部工作，一年后转到了中央财政部，当时吴波任党组副书记、办公厅主任。从此，他与吴波共事长达 30 多年，成为工作上志同道合的同志，生活中的挚友。

王丙乾回忆吴波，透着浓浓的深情——

吴老长期担任财政领导干部，为我国财政体系的建立和发展殚精竭虑、贡献巨大。建国初期，国家税制比较混乱，解放区各根据地都有自己的规定，新解放区则暂时沿用国民党时期的旧税制。而且，解放战争还在继续，经济恢复工作已经展开，财政面临着巨大的挑战，出现了很大的赤字。在这种危难关头，吴波提出统一财政，实行“统一领导、分级管理”的方针，建立中央、大区、省（市）三级财政，改变中央高度集中的管理办法。同时，主张加强统一的财政制度建设：实行预决算制度，中央地方都要建立金库，收入交国库；建立健全会计制度，严格财经纪律，成立财政督察司。在税收方面，根据中央的精神，主张统一税政，统一税制，建立健全税收机构，培训干部，加强税收工作，并提出抓税收与促进生产密切结合起来，专业收税与群众协助收税密切结合起来，完成税收任务和保证实施税收政策结合起来。强调加强税收的宣传工作，整顿税收秩序，减少偷漏税和抗税事件。为了促进农业生产的恢复，对于农业税的征收，实行按常年年均产量计税，依率计征，依法减免，增产不增税，有力地促进了农业的发展，减轻了农民负担。

在建国初期，吴波对填写新中国财政建设发展史上的空白一页，起到了奠基人和开拓者的作用。

从 1958 开始的三年“大跃进”，使国民经济比例严重失调，为了力挽狂澜，中央于 1961 年提出对国民经济进行调整。从 1962 年初开始，吴波协助李先念抓国民经济调整工作。他根据中央精神和针对当时存在的主要问题和实际情况，提出五项重要措施：压缩行政事业费，精简机关干部，缩减城市人口；压缩基本建设规模，将“大跃进”时每年三四百亿的基本建设投资规模压缩至 50 亿元；财政给银行拨钱，支持银行实现“当年平衡、略有回笼”的目标；加强税收工作，打击农村集市投机倒把行为；清理“大跃进”过程中的遗留问题，包括大炼钢铁、平调公社财物、乱拉乱用商贸部门的物资、乱用银行贷款等。在这些措施的作用下，1964 年我国经济状况开始好转，农业生产得到恢复，物价趋于稳定，国民经济调整取得了很好的效果。

十一届三中全会后，中央提出改革开放的战略方针，财政改革成为经济体制改革的突破口。在新的形势下，吴波从全局出发考虑问题，注意量力而行，稳步前进，发现问题，及时总结经验，为财政改革和转型推波助澜。

在他从部长退居顾问以后，仍然牵挂着财政事业，他常将财政方面的情况和问题向李先念汇报，别的部门或同志对财政工作有什么意见，他也通报给李先念，听取领导指示。李先念告诉他，财政部一些重要的材料，可及时送他看。李先念还说，财政部站在全局的高度，加上消息灵通，能看出问题，也敢于暴露矛盾。陈云也说过，要给财贸部门恢复名誉。吴波离休后，仍然关心财政工作，有时部党组的同志去看望他向他通报财政情况，他都非常认真听取并做记录，提出自己的看法供部领导参考，使财政干部深受裨益。

吴波在财政系统担任领导 30 多年，形成不少新思想和新观点，成为一位务实的财政理论家。吴波一直坚持的财政综合平衡的理论，很有成效。这一问题也是陈云一再强调的，他说搞经济工作，不懂得综合平衡，就寸步难行。财政综合平衡中关键的是国家建设和财力物力的综合平衡，财政和信贷的综合平衡，还有财政与其他各方面关系的平衡协调。根据我国当时的国情，从综合平衡理论出发，吴波始终坚持“收支平衡，略有节余”的理财观，坚决反对“赤字无害论”。主张财政经济发展与国力国情相适应，必须量力而行，稳步前进。对于综合平衡与适度举债的关系，吴波认为一定要在综合平衡的基础上，根据一定的条件适度举债，而且，举债的规模、还债的时间等一定要在可以控制的范围内。

正确处理财政与经济的关系，也是吴波经常思考的一个重大理论及现实问题。毛泽东主席曾讲，经济决定财政，财政反作用于经济，财政既要大力支持经济的发展，又要通过财力分配和财税政策，限制或改变其不科学、不合理的计划和举措，保证经济和财政的良性循环。吴波一贯反对只重视财政收入而轻视发展经济的观点，他认为：增大财政收入，首要的是靠发展经济，培养财源，否则就成了无米之炊。其次，税收工作是理财的基础环节，要加强税制建设、制止偷漏，既要抓西瓜，也要抓芝麻。同时，还要加强企业财务的管理，搞好经济核算，节约资源，减少材料消耗，降低成本费用，做到盈而不亏。他认为这是夯实财源的又一重要渠道，而且随着生产的发展，这方面的工作会越来越重要。因此，他始终按照毛主席"发展经济、保障供给"的指示，建立财政与经济之间的良性循环的关系。建国后，财政部成立经济建设司，就是为了促进财政对经济发展的支持。在吴波的领导下，财政部在具体处理财税问题时，总是以经济发展大局为重，不为眼前利益所动，想方设法促进经济发展。在吴波这种理念的指导下，从建国初期开始，财政部就确立起了做大财政蛋糕必须建立在发展经济基础上的理念。

理财首倡勤俭节约，这是吴波理财理论的核心。他认为这不仅是一个财政经济问题，也是一个政治问题。他认为勤俭节约是理财的根本，也是中国革命和建设时期克服各种困难、走向胜利的法宝，同时也是发展壮大国家财政的重要基础。他认为财政形势越好，收入基数越大，越要注意节俭。理财的大忌就是铺张浪费，花钱大手大脚，从而产生腐败因素。

20世纪50年代中期，是我国国民经济恢复和大规模经济建设到来的时期。吴波任财政部副部长，李先念以国务院副总理的身份兼任财政部长，财政部的主要任务落在吴波的肩上。那时候，财政部在北京复兴门外大街真武庙小区建家属宿舍，留下了一块空地，计划以后建礼堂。财政部有几百人，每次开大会，都是借用其他单位的礼堂用，很不方便，从各方面考虑，建一个礼堂是应该的。部里正筹措建礼堂的时候，国务院发了一个通知，对有的单位讲排场、摆阔气，大建"楼堂馆所"提出批评。在吴波意见的主导下，财政部主动取消了建礼堂的计划。1960 年我国经济困难时期，机关职工蔬菜也要定量供应，为解决干部食堂的吃菜问题，这块闲地种了几年菜，后来蔬菜困难的问题解决了，就不再种菜，栽上了葡萄树。

有的同志认为，吴老太小气了。但吴波不这样认为，他对大家说，在财政工作的同志，一定要明白，中央财政工作事关大局，任何大手大脚的想法做法都是不正确的。虽然财政部每年千亿元的资金，但都是税务员们从纳税人那里几元几角甚至几分钱收上来的，是人民的血汗钱。还有，我们不能因为财政收入多了，就不认真计算，随意花钱。为国家富强，把账算准算细，节约每一元钱，应当是财政干部必须具备的素质。无论是基本建设投资，还是事业经费拨款，都应当精打细算，绝不能大手大脚，更不能铺张浪费。要把一个钱当成两个钱用，少花钱多办事。在吴波主持财政部工作期间，党中央、国务院给予了他高度评价，1962 年他被中央政府评为模范部长。

王丙乾非常赞同吴波"勤俭理财"的观点。王丙乾说，20 世纪 90 年代，他曾让财政部科研所的同志找红学专家共同研究过《红楼梦》里贾府的理财问题，得出的结论是"俭则兴、奢则败"。所以，提倡艰苦奋斗，勤俭节约，实行廉政，反对腐败，是党和国家必须坚持的长远方针和重大措施。节约不光是节约财力，还有节约资源、物力等许多方面，从治国理财到企、事业单位的规划用度都要厉行节约。

王丙乾回忆说，吴波担任财政部领导 30 多年，为财政工作作出了重要贡献，形成了一套丰富的理财观。发展经济与壮大财政相结合，一贯反对只重视财政收入而轻视经济发展的观点。建国后，财政部成立经济建设财务司，就是为了促进财政对经济的支持和发展。在吴波的领导下，财政部在具体处理涉及财税问题时，宁可放弃眼前利益，也总是想方设法促进经济发展。可以说，从那时起，财政部就树立起了发展经济、壮大财政的理念；经济发展与国力相结合，坚持“收支平衡，略有结余”的思想；统一领导与分级管理相结合，始终坚持充分调动中央、地方的两个积极性；增加收入与勤俭节约相结合，并一以贯之地应用于财政工作的实践中；专业征税与群众协税相结合，抓税收与抓生产相结合，完成税收任务与严格贯彻财税政策相结合，税收理论与税收实践相结合的理财观。这一理财观，对财政工作产生了深远影响。

四

受老一辈革命家周总理、陈云等领导优秀品质的熏陶，吴老养成了胸怀全局、认真负责、严谨细致、埋头苦干的工作作风。财政部原副部长、时任办公厅秘书处处长的李朋对此印象很深。他回忆说，旧中国经济衰败，生产凋敝，物价飞涨，民不聊生。解放初百废待兴，困难很大，工作繁重。按照党中央、国务院关于统一全国财经管理的重大决策，财政部全力以赴地抓了全国粮食的统一管理与调度，国家库存物资的管理与调度，全国财政收支的统一管理以及税收制度的建立，对于迅速扭转困难局面起到了重要作用。当时由于财政部职责所在，工作头绪之多、难度之大，都是从未有过的。李老已记不清加了多少班，只记得在吴老的领导下，同他一起研究起草报告、法规，常常一干就是一个通宵。有一段时间吴老分工领导税务局，他的主要精力就放在建立新中国的税收政策和税收制度上，以建立新中国的财税基础，保证财政有稳定的收入来源。凭着对党的事业高度负责的精神，吴老较好地完成了这项任务。

“实事求是，秉公办事，是吴老的又一高尚品格。”李老回忆说，1964 年他随吴老到河北唐山搞“四清”运动，吴老率领的这个工作组是直属少奇同志的联系点，财政部去了 40 多人，在那里蹲了一年多。通过深入调研，吴老发现当地的实际情况并不像文件说的基层干部有 1/3 烂掉了，大部分还是好的或比较好的，烂掉的只是个别人。于是，他坚持实事求是地处理问题，没有“打击一大片”，并实事求是地向少奇同志写了报告。

记得有一次在中央召开的会议上，有各省各部门的领导参加。会上财政部汇报了两个财政问题，一是开展税收财务大检查的情况，批评了一些地方瞒报收入和支出违规问题；二是吴波客观地指出近两年财政还有赤字，需要采取措施来解决，不能忽视。结果却引起一些同志的非议，说财政部吹冷风，泄干劲，怎么老是赤字啊！一时使得会议气氛很紧张。一些同志后来将这个情况反映给陈云同志，他在看了吴波同志的发言稿后，说吴波同志讲得对嘛，这才解了围。

财政部的人都知道吴波修养好，对人和善，从没有见他发过脾气。但对于工作却一丝不苟，十分认真。对于上面领导同志的讲话，吴波认为不妥当的，也敢于提出自己的不同看法和意见，并且据理力争，从不顾及个人得失。姚依林曾说过，吴波有时和周总理也争得面红耳赤。

有一次国家经委在四川召开会议，讨论企业利润留成问题。吴波顶着很大的压力，给与会代表解释财政收入情况，提出企业利润留成要区别对待。随后在国务院开会时又因讨论税前还贷问题而发生了一场争论。当时，国家对外资来国内办企业实行税前还贷政策，中央一位同志提出在国营企业也要实行税前还贷。吴波认为如果国营企业都实行税前还贷政策，国家的税款流失就太大了，结果就争论起来了。

又有一次中央召开的财经会议上，领导同志在京西宾馆第九会议室研讨工作问题。赵紫阳同志坐在前面的大沙发上，他依据安徽农村包产到户取得良好成效的经验，提出财政包干。各地区、各部门、各企业包干上缴财政数，经营的剩余利润、收入归地方各单位所有，自行支配。吴波正好坐在他的后面，站了起来，手扶沙发背说：按现有财政经济情况的基数，定额包干，就把财政包死了。事业是发展的，万一有个天灾或突发事件，国家财政就一筹莫展，无能为力，这办法是不可行的。赵紫阳当时有点生气，打断他的话说：这就是我们在长沙辩论没有解决的问题。当时主持会议的华国锋说，这个问题很复杂，牵涉面很大，我们好好研究一下，再来讨论吧。散会后，在走廊上，李朋问吴老：您这样直截了当地顶撞他，好吗？吴老说：有什么关系，为了工作嘛。结果，所谓财政大包干，没有实行。

吴波从来不会随声附和别人的意见。他从来不作墙头草，不会别人怎么说我也怎么说。对他而言，对的赞成，不对的则会说明理由。

吴波在财政部常说，毛主席过去提出要实事求是，小平同志也讲过要实事求是，我们大家也说要坚持实事求是，实际上有些事情还没有实事求是。能不能实事求是，一是认识水平问题，再一个是立场问题。如果你怕影响自己的乌纱帽，就不敢说真话，怕招惹是非，就不敢担责任。李朋对此说，吴波敢说真话，也敢担责任，言行一致，令人敬仰。

吴老坚持实事求是，很少考虑个人得失，想得更多的是党的事业和人民的利益。1958 年“大跃进”时，全国刮起了一股“共产风”，全国大炼钢铁，砸掉许多饭锅，砍了很多树木，炼出来的却是一堆废渣，浪费极大。当时公社刮“共产风”，吃“大锅饭”，虚增虚支现象十分严重。作为财政部的主要领导，吴老看在眼里，急在心上。那时有的地方财政厅也要放卫星、吴波找李先念商量后指出，财政放卫星就要向人民多收，会增加人民的负担，制止了地方财政放卫星，1958 年大跃进，全国到处都在放卫星，唯财政系统一颗卫星也没有放。对大跃进出现的这些问题，吴波都实事求是地向中央有关领导反映。因为敢说真话，廉洁奉公，曾受到组织部门的多次好评。

第七章　沙洋农场养鱼翁

出湖北省沙洋县城，沿荆潜公路南行，拐上一条蜿蜒曲折却平坦的林中小径，便进入到一片高大茂密的树林深处。这里，就是原财政部沙洋“五七”干校指挥部旧址。走进旧址，院落依旧，红墙依旧，只是已不再有往昔的繁忙与热闹，不再有往昔的高歌和笑语。呈现在人们眼前的是，一棵棵葱郁参天的大柳树，一排排沧桑陈旧的普通瓦房，一道道高深神秘的红砖院墙。习习清风中，轻轻摇曳的树叶，似乎在细细倾诉着那段难忘岁月的悠悠情怀，倾诉着已经尘封的往日记忆……

1969年，吴波和财政部的一些干部，被下放到湖北沙洋干校接受劳动改造。

下放到沙洋“五七干校”的人员中不乏政坛要人、文学巨匠、社会名流：原全国人大常委会副委员长、社会学家费孝通，中央统战部部长张执一，最高人民检察院副检察长黄火星、江文，公安部副部长胡之光，中央财经领导小组办公室副主任李克木，财政部项怀诚，“文坛祖母”冰心，作家冯亦代，画家周绍华，数学家罗声雄，社会活动家吴文藻，外交部副部长杨文昌，驻英国大使查培新，驻芬兰大使张直鉴，驻联合国副代表张义山，李宗仁先生的最后一位夫人胡友松，中国藏学研究奠基人于道泉，我国著名的刑事诉讼法专家、中国人民公安大学法律系教授崔敏，中国藏学研究院名誉院长王尧、原中共湖北省委常委、常务副省长张旺午、原湖北省政协副主席、省委统战部部长蒙美璐等。1969年2月25日，第一批学员抵达财政部沙洋“五七”干校。随后，财政部所属机关的干部职工及家属700多人相继从北京来到这里接受劳动锻炼。

当时的“五七”干校是以劳动为主体，以改造思想为目的而设立的干部学校。财政部沙洋“五七”干校，由中国人民解放军思想宣传队驻校军代表全面领导，干校总指挥由原财政部国防司司长付泽浩担任、副总指挥由原财政部预算司司长田一农和原财政部公交司司长江习担任，下设政工组、专案组、基建组、食堂、学校等机构。干校将“五七”战士和知识青年分为五个连，一连至四连从事农业生产，五连为后勤连，从事基建和后勤服务工作。

“五七”干校创建初期，学员们工作和生活的环境都非常艰苦。他们吃的是粗粮小菜，住的是在破旧不堪的瓦房里用稻草铺就的地铺，几十个人挤在一间小屋子里。为了改善住宿条件，干校学员们通过自己的辛勤劳动，于1970年建起了20多栋红砖瓦房，成了家的学员都能分到一个单间。

初到干校时，干农活虽然一切都要从头开始，但干校学员凭着一股冲天的干劲，在晴空烈日下挥洒辛勤的汗水，从不言苦。当时，财政部“五七”干校的5个连队种着2000多亩农田。由于有些沙板田土质太硬，插秧时学员们用手指根本就无法将秧插入泥土中，为了不让土地荒芜，他们便用竹签在秧田里插个洞，然后再插秧。虽然这样，他们的手指仍然被磨穿了皮，鲜血直流，但他们边劳动边唱歌，似乎一点也不觉得苦累。

为了实现粮、油、肉、菜的自给自足，从没干过农活的学员们，一年到头都十分忙碌和劳累。农忙时节，学员们常常是清晨披星下田，晚上戴月收工，连饭都是炊事员送到田头后大家坐在田埂上吃的。虽然苦累，但每到收获的季节，看到自己亲手劳作换来的一袋袋黄灿灿的稻谷、一片片绿油油的蔬菜，学员们所有的劳累和烦恼便都烟消云散了。

吴波是被审查的管制对象，但部里干部职工都很照顾他，鉴于当时的特殊环境，公开场合不便问候，背地里哪家做了点好吃的，都让家属悄悄地给吴老送上一份。在分配劳动时，考虑到他年老体弱，尽可能给予照顾安排得轻松一些。在沙洋六年吴波孤身一人，自己过去忙于工作，从不操持家务，个人的生活能力虽然低下，但吴老勤快，把衣服整理得干净，宿舍渐渐也打理得利落，看上去过得并不差。

过连队生活，吴波被编在一个连，财政部办公厅处长张义斌当他连长。吴波没有什么不习惯。别人有点看不惯，财政部副部长成了被监管劳动改造的犯人。吴波却不以为然。他被编在二连，给他分配的活，一个是下面动的，是鱼塘；一个是不动的，是梨园。看着鱼塘里活蹦乱跳的鱼儿，也瞅着开花又结果的梨，与其说是接受改造，在他看来是田园生活的享受。吴波愿意做一个普通劳动者，有时见他背个筐捡牛粪；有时见他坐在鱼塘边上看书，夏天拿着一把大的芭蕉扇。在田埂上偶然碰上，财政部的干部总会让吴波先走，大家极其尊重这位老人。

吴老看着鱼儿，瞅着梨树，看着书，又摇着芭蕉扇，在别人看来，他是悠哉游哉，其实他的心一点也没平静过，他在思考问题。在这悠哉游哉中，他思考了自己走过的路程，从漫漫的黑暗里寻找，到延安点燃心中的灯盏，到后来经历的风险、磨难，他感到自己坚守的“没有自我”，做一个真切的人的初衷，一路走来，不改变，不失真，虽然走得坎坷，也让他不平静，但他内心仍然坦然自若，他欣慰自己没有说过违心话，没有做过违心事。所以吴老的悠哉游哉，透着坚信，也透着安然。

有了这样的心态，吴老不厌烦劳动。他尽可能多学些技能，把农活干得好一些。吴老后来劳动主要是看鱼塘，他看得很认真。而看鱼塘，得喂鱼。他不会喂，老农告诉他：到牛棚，让牛倌弄出牛粪，你拿筐装牛粪挑到田里，每天在鱼塘里洒三四遍就行了。但吴波不会挑担子，常常是一头轻一头沉的，挑得很费力，连长看不过去，就跟连里的人商量，能不能安排点别的事让他干？他们征求吴老意见，吴老提出可不可以去放鸭子。连长张义斌说：“放鸭子你不行。”吴波问：“我怎么放不成鸭子？”张义斌说：“放鸭子要跟着跑，你跟不上呀。你不能干那个。”张义斌想了想：“这样，你去看树林吧”。最后，吴波拿个小板凳去看树林了。树林有什么好看的，无非就是让他去休息，不需去干什么事。而看树林，也不是无事可干。树林经常遭到不法分子的砍伐，吴老听到有什么动静，不怕受到伤害，把行迹诡异的赶走，把砍树人逮住送队部处理。直到他离开沙洋，他极其认真地看好每棵树，不让一棵树无辜倒下。

他看的这片树林，树长得越来越高大，林也越来越茂盛；他看的那个鱼塘，鱼越来越多，也越长越大。吴波在鱼塘喂鱼，在林子里打理树，思考问题，也与同事谈天说地。多少次，那些精神困惑不已的同事，到树林与他聊天，对他说，真不想活下去了，这样的日子什么时候到头啊?！吴老总是安慰他们说，不要失去信心，坚信这样的日子是暂时的……看着吴老时常乐呵呵的样子，也听着吴老的劝慰，跟他聊天的人，心里痛快多了。

1972 年的新年刚刚跨入，一天清晨，吴波和沙洋农场改造的干部们，在天空看到北飞而来的大雁，它们飞得很低，它们叫声很古怪，飞得很疲惫。这时，广播里传来让人撕心裂肺的消息，陈毅元帅去世了。陈毅是被迫害而死的。吴波和大家沉浸在痛苦当中。轻易不流泪的吴波，顿时泪流满面，他为国家失去这么好的元帅而痛心，也为那么多好人蒙冤受难而痛心。

“文化大革命”开始后，许多老一辈革命家和老将军不断被打倒。他们当中，有的发病含冤死去；有的被残酷地迫害致死；有的身心正在受着折磨；有些被下放劳动改造。

吴波在为失去陈毅元帅而悲痛的同时，也有一件事，让他振奋，那就是林彪集团被粉碎，调查也尘埃落定。吴波感到，阴谋与迫害即将过去，水落石出的日子将要到来。

北来的大雁，一群群飞来沙洋，飞得越来越优雅，叫声也越来越响亮。北京传来巨大喜讯，周恩来宣布，落实干部政策工作，中央由中组部负责落实省委以上干部政策；国务院由总理办公室负责，落实副部长以上干部政策；军队由总政治部负责，落实正军级以上干部政策。

在不长的时间内，有 175 位将军相继获得平反。

吴波和沙洋劳动改造的同志，感到群群大雁带来了大地的春天，他们的春天也快到了。

两年后，上面来了指示，沙洋农场劳动改造的所有人，结束监管改造，回京等待分配工作。离开干校回北京前一夜，吴波几乎没有困意，深夜了，他想了很多。在沙洋，转眼六年了。时光匆匆，自己也年过五十。虽然逝去了为财政做很多事的时间，想来还有后面的岁月，尽管后面的岁月也不多了，但还可以做很多事。他感到自己还有很多不足，也有很多遗憾，更有很多愿望，他要努力完善它，实现它。那晚他写了首七绝：

大梦醒来惊且呼，依然曳尾在泥涂。此身愿借汉江水，洗尽脓淤还好肤。

喜经风雨见新图，大地春雷万物苏。好景无边寻未晚，太行王屋日荷锄。

第二天清早，离开沙洋的车子已到，虽然车在等，而吴波却到鱼塘又喂了最后一次鱼，到树林看了看从树苗长成的参天大树，也深情地仰望了许久沙洋天地，情绪深沉地上车了。这已经是 1972 年的冬天了，虽已临春，北京仍然飘着雪花，寒风飕飕，吴波回到了北京。

回到北京的日子也是漫长的，落实政策、分配工作，还没有时间表，只是通知等待。这一等，又等了近四年，最后在周恩来总理的关心下，吴波才彻底得到平反，恢复工作。他又回到了财政部。

吴波回到北京后，常常怀念沙洋的同事和那段时光。他翻出离别沙洋的前一夜写的那首诗，看了好几遍，不知是他感到留着它没有必要，还是写得不满意，他把原稿扔进了废纸篓。废纸篓里的东西，被装进麻袋要送去销毁，结果被一位在部长办公室当秘书的有心人捡了起来并悉心保存，才留到了今天。今天读来，依然倍感亲切。他这样一身清白、出淤泥而不染的人，在经历了这么多磨难之后，人格品德，已经修炼到纯粹的境界，还时时在警告自己，“依然曳尾在泥涂”，努力要借汉江水，洗尽脓淤，永葆活力和纯洁，还要面对两座大山，日日荷锄，挖山不止，显出吴老即使受到莫大的委屈，依然对人生怀着如许的热爱，在执着追求着生命的高度。

第八章　举贤让位财政部长

全国五届人大常务委员会第十五次会议通过，免去吴波的财政部长职务，任命王丙乾为财政部长，这一消息在社会各界引起很大反响。许多人，特别是了解情况的人，都为吴老这种主动提出不当部长、推荐王丙乾接班的精神所感动。

吴波刚刚当了一年财政部长，就把财政部长荐贤让位给了年轻的副手。他说，中央提倡领导干部年轻化，他非常赞同；把位置让给年富力强的同志，让他们趁早进入主要领导岗位，对国家事业有利，也对个人成长有利。吴波让贤，不是自己身体不行，而是对部长官位看得淡，是从国家利益出发想得高远。但有记者赶到财政部采访，然而一连两天都没见到吴老。

吴老虽然不当部长了，但他并不清闲，他在忙交接班的事，也是躲避记者采访。吴老很谦虚，不希望报纸宣传他的事情。为使广大读者了解吴老举贤荐能的具体情况，那个记者在一天晚饭后，便径直去吴老家里采访。他眼中看到的吴老的家，是一个很普通的小四合院，大门经风雨剥蚀已经褪了颜色。当他叩门而入说明来意后，吴老的爱人邸力说，吴老还没回来，他看看表，已经是晚上七点了。邸力接着说，老干部交班，让年富力强的同志在第一线工作，中央有指示，这是很平常的事情，没有什么可说的。正谈话间，吴老回来了，这时已快八点钟。74 岁的吴老，清瘦的脸庞，高高的个儿，背显得有点儿弓，略呈老态。

吴老很健谈，讲话不快不慢，分析问题很精辟。他说："我自己的事情没什么好谈的。由于十年浩劫，有不少地方、部门的领导班子老化，这种情况不适应'四化'建设的需要。现在中央提出领导班子要年轻化一些，我坚决拥护。但是，具体到各个地方和单位来说，不能'一刀切'。有些领导干部虽然像我这样大的年纪，但身体好，还能继续工作。我认为应该让他们工作。有的单位领导干部年龄大了，需要有人接，但如果不具备条件，一时没有合适的人来接班，那也不能马马虎虎交班。这要根据各个单位的具体情况而定。"

接着吴老又说：“财政部的工作相当繁重，既原则，又具体，从方针、政策到具体花钱的事都得管。财政部是个综合部门，它的工作关系到左邻右舍，每天打交道的人很多。搞财政工作，对整个国家财政情况要经常心里有个数，不然就没法做好工作。我确实身体不好，记忆力差，感觉迟钝，已经不适应财政部长的工作了。财政部现在有一个比较合适的领导班子，又有王丙乾同志可以接班。我退居第二线，让王丙乾当部长，挑重担。这样做，对党的事业有利，对我自己也好。从财政部的具体情况看，这是正常的。”

吴老推荐的新部长王丙乾，55 岁，1939 年参加革命工作，在财政部先后当过科长、处长、司长、副部长等。在财政部举行的交班会上，吴老是这样介绍王丙乾的。他说：“王丙乾同志是坚决拥护党中央十一届三中全会以来党的路线、方针、政策的。他政治上比较强，接受新鲜事物比较快，肯于学习，生活朴素，在财政部有威信，有工作能力，能够胜任财政部长的工作。过去一年多，我是当参谋，很多工作是丙乾同志做的，实际上已经挑起了担子。”会上，吴老还讲了王丙乾的缺点，并对他提出了今后的希望。

王丙乾也在会上讲了话。他说：“组织上的决定我服从。我应尽最大努力做好工作。吴老把我说得太好了，而对他自己说得太少了。吴老多年来工作勤勤恳恳，严谨认真，是我们学习的好榜样。吴老说他过去一年来当参谋，不能这样说。我是做具体工作的，当部长担子太重。好在吴老等老同志都还在部里，大事情请他们出主意，依靠党组和全体同志的努力，有信心搞好工作。如果搞不好，我主动下台。王丙乾同志讲完话，吴老当众宣布要搬出部长办公室。

王丙乾当然不会同意吴老换办公室的意见，但吴老执意不肯。并在会后亲自找有关同志办理。王丙乾没有办法只好和吴老换了办公室。吴老当顾问以后，仍然对部里的工作很关心，对一些重大问题，总是积极提出自己的意见。

吴老交班的时刻，虽已过去几十年，但至今仍然让当时在会场的财政部干部难以忘怀。财政部原干部赵玉琢清晰记得，那是在财政部召开的党组扩大会议上，各司、局长大都参加了。会议开着开着，吴波从衣兜里拿出一张纸说，“我有些话要对你们大家讲，这是我给中央的报告。”报告的大意是，他年老体衰，改革开放以来财政任务重，自己已经跟不上时代，特别需要年富力强的同志来主持财政部党组的工作。他力荐王炳乾同志担任财政部部长。理由是王丙乾同志的年龄合适、业务熟悉、政治坚定、工作细致、有把握大局的能力，已在副部长的岗位上工作多年，并且是从基层员工逐级升迁上来的干部，有基层工作的经验和领导工作的经验。

其实，那时候部委机关还没有像现在这样有一套以年龄为界限的严格离、退休规章制度，老同志是否离开领导岗位完全看身体情况和考虑工作需要。吴波部长这封上报中央的“举贤书”，让与会的财政干部非常意外。

原财政部预算司副司长李慧中也见证了吴老让贤的那个交班的场面。她说，那是1980年某月的一天，部长办公室通知她下午3时在二楼会议室参加一个会议，吴部长主持。当她进入会议室时，感到气氛不像平常召开业务会议，与会同志都静静地坐着很严肃。她记不清吴老开始讲什么话了，只记得他很认真地谈到王丙乾的工作、学习等方面许多优点。吴老说，丙乾同志一是好学，财政经济的书以及国外的一些书他读了不少，能紧跟形势；第二是他工作勤奋，能从大局考虑问题，对党的路线、方针、政策把握得比较好；第三他业务熟悉；第四他考虑问题全面周到，负重稳健。丙乾同志具有高级领导干部的条件等等。吴老又接着说：他年事已高，身体也不太好，就把这个位子让给丙乾同志，他认为他能够负担起这个责任来，等等。当时会议室气氛很紧张，没有人发言。

李慧中接着回忆说，王丙乾以低沉而又缓慢的声音发言，谈了自己的缺点，说恐怕负担不起这个担子来。又说：“既然吴老要这样做的话，我只能试一试，如果不行再说”等等。实际上这个会是一个“交班 ”形式的会议。当时大家认为，从吴老工作的政治水平、政策业务能力、德高望众的优良品质、身体条件等方面来说，继续当部长是完全没有问题的。但是吴老选择了这种方式，还是推荐王丙乾当了部长。他毅然决然地将财政部长让贤给丙乾同志，真是超凡脱俗，博大胸怀。

“吴波同志是我尊敬的老部长，在财政部历任老部长中，我和他认识得最早，在一起工作的时间最长，给我的教育也最深。”王丙乾说，他从吴老身上学到了他的人品，学到了他的理财思想。

1947 年，王丙乾在冀中行署财政厅工作，吴波则在晋察冀边区工作，因为经常要到晋察冀边区财政厅汇报冀中区的财政预算，因此那个时候他们就认识了。以后从华北人民政府财政部到新中国成立后的国家财政部，一直到 1980 年，王丙乾一直在吴波领导下工作，王丙乾说，没有吴波和老一辈领导的培养，他不可能成长起来。

王丙乾说，由于“文革”结束后两年的冒进，国家财政在 1979 年和 1980 年连续两年出现巨额赤字。就在围绕财政赤字是否有害、是否需要坚持“两平一稳”方针等争论处于高峰阶段的时候，吴波提出辞职，并推荐他接任。说句实话，他当时也没有想到自己会接替吴老担任财政部部长。对于这一职务变动安排，他感到很突然。

1980 年 8 月 6 日，中共中央发出通知：“同意吴波同志的要求，免去他的财政部部长、党组书记职务，改任财政部顾问、党组成员。中共中央决定，王丙乾同志任财政部部长、党组书记。”传达文件之前，吴波安排了一个非常平静的交接仪式。

王丙乾说，交接会议召开前，他已经知道这件事，但是参加会议的许多同志都还不知情。一进会场，大家感觉气氛很严肃。吴波亲自主持会议，他的神情也不像平常开业务会那样。会上，吴波首先很严肃、很认真地谈了一些我的情况，说王丙乾同志第一是好学，坚持学习钻研财经方面的书，还有国外有关方面的书他也读了不少，能紧跟形势；第二能从大局考虑问题，对党的路线方针政策把握得比较好；第三工作勤奋，长时间积累下来，对业务工作很了解，预算管理、财政体制等方面还很精通；第四，考虑问题比较全面周到，能够负重稳健，具备高级领导干部的素质条件。大致说了这么几条，他也记不全了。说到这儿时，一些参加会议的同志还感到很纳闷，弄不懂吴波的讲话用意。

接着，吴波说，自己年事已高，身体也不太好，把财政部部长这个位子让给王丙乾同志，他觉得王丙乾能够担负起这个责任来。此话一出，会场气氛变得沉寂起来，没有人发言，安静得很。吴波讲完后，要王丙乾发言。王丙乾说了自己的一些缺点，说，“恐怕担负不起这个担子来，既然是吴老要这么做，我只能是试一试，如果不行再说”。之后，吴波就把原来的办公室腾了出来，虽然他们一再请求他不要挪动，但是他坚持要搬到另外一间更小的办公室里，并全力帮助他尽快熟悉新的工作岗位，心甘情愿地当好自己的“顾问”角色。

就这样，吴老以一种平静的方式完成了共和国财政部部长的交接。

王丙乾说，吴波从不把职务、地位看得很重，他认为职务和地位只不过是向人民承担责任的标志，职务越高，责任越大，肩上的担子越重。“高官”更不是吴波的向往和追求。吴波在官职的看待上，不刻意追逐，也不看作是可有可无的事情。吴波让贤以前，其实他是经过长时间考虑的，曾向中央、国务院写过报告。吴波结束了他在财政部勤勤恳恳工作40多年的领导职务，带着财政部几代干部对他的尊敬与不舍，退居到第二线，成为财政部的顾问；回想起来，王丙乾感到自己从一个农村孩子成长为领导干部，首先是党培养的结果，同时也感到很幸运，在他身边总有一批思想觉悟高、业务能力强的领导，他们帮助他、信任他，使他能尽快成长进步。在根据地时期，编预算的时候吴波给了他很多指导，进北京以后，财政部的几位部长包括戎子和同志都很支持他的工作。

李慧中说，吴老远去了，他那伟岸的身影，他那敬业的精神，他那律己的品德，却永远地留在财政人的记忆里。财政人分明感到，吴老就像一座高山，离开大家越远，就越显得伟岸，也影响着后来的人。

王丙乾自1980年8月任命为财政部长以来，长达12年之久。他任部长期间，也是国家财政较困难的年月。期间，除1985年收支平衡略有节余外，年年都有一定数额的赤字。需要与可能的矛盾相当突出。王丙乾勤奋努力，工作取得了很大成绩，财政在促进经济发展上起到了关键作用。随着财政收入增加，国家实力得到增强，从而积极支持了国家经济建设和各项事业的发展，特别是支持了经济体制改革的成功实施。王丙乾为财政工作作出了显著成绩，他由部长改任国务委员。人们称吴老为“伯乐”，他当之无愧。

吴波让贤财政部长职位，意味着仕途的终结。谁也没有动员他，更没逼他，但他还是把财政部长之职让给了新人。事后有人说，吴老再坚持干上几年，就坐到国家领导人位置了，多遗憾。可吴老却从来就没有这样想过，自然也就不存在遗憾了。

第九章　他是一个“两头真”

胡绳有首诗，自谓“四十有惑，惑而不解，垂三十载。”他说自己是一个“两头真”的革命者，并自勉：尘凡多变敢求真。吴波对胡绳“尘凡多变敢求真”追求“两头真”的自勉，深有同感。他说自己也属于一个“两头真”，从头到脚死认一个“真”；从年轻到老，面对当亡国奴的危险，冒险找共产党，真心抗日救国；面对复杂环境的疑惑和问题，真心反思，敢于担当，不当糊涂人。因而，说真话，做真事，成了吴波一生做人做事的风格。

吴波追求“两头真”，实是追求真理。哪个是真理，真理在哪一边，他就认哪个，就站在哪一边。在文革期间盛行的“不说假话办不成大事”，说假话成为一种风气的环境下，吴波坚守说真话不说假话，不仅举步维艰，且要得罪人，很容易招来灾祸。他却不怕得罪人，不怕给自己招来灾祸，反而感到讲假话、做假事，比得罪人、招来灾祸还要不安。他说，做人说话，就要说真话，做真事，做真人，这是人的品格；做人高贵与贫贱不重要，重要的是要有人的品格。从而他有了说话、做人、做事求真的操守。

他从不怕得罪人，无论是部下、同事还是上级；做真事不做假事，说真话不说假话，无论是面临多大困境，不丢弃“真”字。吴波坚守“真”，自然是逆水行舟，从而遭受了不少不公正对待。而从一次又一次的磨难中，也检验了他的人格、人品。有些点滴事情，像是散落的珍珠，虽然很微小，却散发着耀眼的光芒。

一

1953 年初修正税制中，财政部提出“公私一律平等纳税”的税制修正方案，被认为犯了“右倾机会主义”路线错误并受到批评，吴波把责任全部承担下来。他没有发牢骚、没有怨言，依旧和往常一样埋头工作，直至逝世前，从未做过任何辩解。

造反派批斗吴波，意在打倒李先念，吴波成了被打的先头“靶子”。造反派喊着“造反有理”的口号，对人做事气势汹汹，他们呵斥吴波，逼吴波交待问题，吴波沉默以对。造反派气焰一天比一天嚣张，他们在财政部到处搜寻材料，还要求吴波揭发李先念，被吴波断然拒绝。运动在不断升级，批斗也在升级，白天晚上轮番审问吴波，逼他揭发李先念问题。造反派污蔑他为走资派、反动权威，停止他工作，随时揪来批斗。造反派批斗他的方法很恶毒，打他耳光，不让他睡觉，用恶言恶语辱骂他。有一次，造反派白天批斗完吴波，深夜把他揪出又批斗。他们嚎叫般地逼问他，如若再不如实揭发李先念的罪行，就要采取最严厉的专政。最严厉的专政是什么？吴波当然清楚，就是关监狱。吴波无话。造反派朝他狠狠搧来一个耳光，打得他倒地好半天起不来，又一个造反派接着朝他又是一脚……他们强迫他爬起来。面对强暴手段，面对精神折磨，吴波铁骨铮铮，一点也不讨造反派的高兴，不说违心话，不推责任给别人，自始至终把所谓的错误扛在自己肩上 。

20 世纪 50 年代，在一次中央召开有各省各部门领导参加的会议上，财政部汇报了开展税收财务大检查的情况，吴波批评了一些地方瞒报收入和支出违规问题，客观地指出近两年财政还有赤字，需要采取措施来解决，不能忽视。结果引起一些同志的非议，说财政部吹冷风，泄干劲，怎么老说赤字啊！一时使得会议气氛很紧张。一些同志后来将这个情况反映给陈云，陈云看了吴波的发言稿后，说吴波讲得对嘛，一些人才把这件事放下。

1957 年，在反右运动中，财政部一位司长在外单位学习期间，因一时言语激烈，被外单位划为右派。吴波根据该同志一贯良好表现，本着对党负责的精神，实事求是地向外单位介绍情况，不避嫌疑，不怕牵连，提出不同的处理意见。他保护了干部，可有人说他是那个被划为右派分子的“后台”，吴波不理睬，仍然坚持对这位司长的看法。

1958 年“大跃进”中，全国刮起的“共产风”对经济造成很大的破坏。他针对各地财政大放卫星、虚增虚支等危害现象，汇集了大量实际材料，冒极大风险向中央如实反映存在的严重问题。那是一份内容详细的厚重材料。为了这个材料，吴波从财政工作的角度，调查了十几个省市，把财政经济放卫星的情况，作了如实的叙述与分析。当时有人替他着急，劝他千万不要写这样的反映材料，弄不好是要坐牢的。吴波也想到过这份材料一旦上纲上线，后果将非常严重。可他又想，财政工作是容不得半点虚假的。虚假，是害国害民，是要误大事的。他决意冒这个险，说真话，尽到一个财政干部的职责。他的材料报到了中央，后来虽然造反派把它当作“反党反社会主义”罪证，但吴波还是很从容地说，他说的是真话，你们怎么理解是你们的事。

在我国经济困难时期，机关职工蔬菜也要定量供应，为解决干部食堂的吃菜问题，有块闲地种了几年菜，后来蔬菜困难的问题解决了，就不再种菜，栽上了葡萄树。为给这块地建围栏，行政司做了一个投资 200 多元的插竹篱笆的预算，送到吴波部长那里，他看后批示说：“要重新计算一下，是插竹篱笆省钱还是拉铁丝网省钱?”经过重新测量计算，拉铁丝网比插竹篱笆节省 20 多元。吴波部长才批准这个预算。

很快这件事在财政部传开了，有的同志认为，吴部长太小气了，相差 20 多元钱，还让行政司重新做个预算，岂不是小题大做吗？但吴部长认为，在财政部门工作的同志，一定要明白，中央财政工作事关大局，任何大手大脚的想法做法，都是不正确的。虽然财政部每年数千亿元的资金，但都是税务员们从纳税人那里几元几角甚至几分钱收上来的，是人民的血汗钱。吴波不厌其烦地对大家说，财政收入是一点一滴积累起来的，就像涓涓细流汇成的大江大河，不能因为财政收入多了，就不认真计算，随意花钱。为国家富强，把账算准算细，节约每一元钱，应当是财政干部必须具备的素质。无论是基本建设投资，还是事业经费拨款，都应当精打细算，绝不能大手大脚，更不能铺张浪费。要把一个钱当成两个钱用，少花钱多办事。

1979年4月，党中央提出对国民经济实行“调整、改革、整顿、提高”的“八字”方针，力求通过调整当时严重失调的经济比例关系，把遭受“文革”破坏的经济尽快恢复起来。吴波紧紧抓住这个重要环节，不仅致力于控制固定资产投资规模与提高投资效益，致力于增加发展农业和轻纺工业资金，致力于减轻农村税收负担与提高城乡居民收入水平，而且指示财政部科研所深入开展调查研究，并以财政部经济问题调查组名义，编写了十多期《经济调研简报》，直接报送中共中央办公厅、政策研究室、中财委等单位，积极、如实地向中央反映当时存在的基建规模过大、国家财力不堪重负、盲目引进国外技术与设备等问题。经历过“文革”严酷政治斗争的财政部老干部们，对于吴波直言不讳地向中央反映情况的简报作法着实担心。担心的理由，不是反映了什么问题，而是反映的问题太具体，太直白，太尖锐，不仅直接指出部委的问题，还牵扯到中央领导。这样的情况反映，说的是真话，直话，实话，而得罪的可是预算部门和上级领导。参加调研和写作简报的几位老同志，劝吴波这样的简报触及部委，又关乎大领导，慎重考虑为好，否则有后患。吴波说，感谢对他的关心爱护；顾虑是有道理的，但不要怕，有后患他担当，做财政部长不能不说真话，不说真话就无法当财政部长，也无法干好财政工作。他还是冒得罪人的风险，把一期又一期简报，报到了中央。

说真话，说直话，说实话，当然是要得罪人的。有人说吴波不讲“情面”，甚至提出了指责，但简报却得到了中央领导的重视，所反映的问题得到了较好的解决，一些盲目花钱的做法得到纠正。虽然得罪了一些人，堵住的却是浪费的漏洞，吴波对大家说，要在管好钱和得罪人之间选择，他宁愿选择得罪人，也绝不放弃管好钱。

1964年，在“四清”运动中，吴波带队在河北唐山市工作。一份文件上指出，某地基层干部1/3烂掉了，组织上要处理这些烂掉的干部。吴波了解到的情况，所谓干部1/3烂掉的断定，不实事求是。他感到有责任说真话，说实话，说直话。而说真话的后果会是什么？他当然清楚，会引火烧身。他没有顾及这么多，他要为自己见到的实情说实话，哪怕这个说实话的代价再大，也不能让自己内心不安。他对这个公社进行深入调查，用大量事实证明，当地基层干部大部分是好的或比较好的，有问题的只是个别人。他写了否定这份文件说法的调研报告，如实向中央反映了情况。中央对吴波的情况反映很重视，纠正了那份文件的偏颇，保护了一批基层干部。

吴波的求真，到了丝毫不马虎的程度，无论做一般工作，还是担任部长，研究问题，批阅公文，常常是夜以继日。夜以继日，不是效率不高，而是他太细了。每份文件、每个问题，不搞准确，不搞透彻绝不放过。特别是研究问题时，吴波细到了不自上而下搞几个回合的调研，不反反复复地研究和听取不同意见，就不提出方案的程度。

二

北京西城区三里河的"老住户"财政部，机关至今挤在两种建筑的办公楼里。一幢北楼是建国初期修的，一幢南楼是十多年前修的。一个机关在一个胡同，却不在一个院子。还有后来成立的一些单位挤不进楼，分散住到了周围和其他地方。两幢楼的办公室也很紧张，大都几个人挤在一室，来了客人没地方坐。各地到财政部办事的人，没有几个不说，"财政部办公条件太挤了"、"财政部该建幢办公楼了！"是啊，太挤了，挤得像三里河的街，每个办公室满满当当的；早该建幢办公楼了，把分散的机关集中到一幢楼里多方便。

盖幢财政部机关整体办公楼的呼声，历任部长都听到过，可为什么没有盖呢？是财政部没钱，还是国家不会同意？都不是。国家每年财政收入越来越多，拿点钱改善一下财政部的办公条件，应当不成问题。可是，财政部很多年都没有启动改善办公楼的计划，这是为什么？大概有两个原因：一个是财政部从吴波等老一辈财政人开始，就有了一个传统，艰苦朴素。虽然管着大把的钱，若要花在自己身上，就不会做这样的预算。二是国家用钱的地方太多，财政人虽管很多钱但深知国家的钱太少，这些有限的钱，真舍不得花。

20 世纪 50 年代中期是我国国民经济恢复和大规模经济建设到来的时期。那时候，财政部在北京复兴门外大街真武庙小区建家属宿舍，留下了一块空地，计划以后建礼堂。财政部有几百人，每次开大会，都是借用其他单位的礼堂用，很不方便，从各方面考虑，建一个礼堂是应该的。部里正筹措建礼堂的时候，国务院发了一个通知，对有的单位讲排场、摆阔气，大建“楼堂馆所”提出批评。财政部在吴波同志主持下，主动取消了建礼堂的计划。

这简朴的风格的形成，与吴波简朴作风影响有很大关系。

吴波任部长期间，正是国家财力十分吃紧的时期，用钱的地方很多。他提倡财政部带头简朴工作、厉行节约。这就使得办公条件，在现有基础上最大限度地挖掘潜能。那些买好车的建议，一次又一次被他压了下来。车子都是国管局配的，不许自己买新车。配的车子，本来都不是高档车，时间一长，都成了旧车，使得财政部没有一辆好车，一遇到去机场接送外宾的任务，司机班的同志就心里犯难。后来，财政部有关部门买了几辆奔驰车，他不仅在部机关全体党员大会上对此做了严肃批评，且自己还做了对有关部门管理教育不严的自我检查，还把买回的几辆车全部上缴了国务院国家机关事务管理局。

在世人眼里，财政部长手握大权，掌管着国家的钱袋子，总不会把自己搞得太清苦吧？但吴波把自己的需求压缩到最低。当时，财政部的办公条件很艰苦，炎热夏天，没有空调，连电风扇也没有，部长也如此。酷热难耐的时候，也只能是一把扇子，一条湿毛巾。

有个夏天异常热，办公室里像火炉烧烤的蒸笼，热得人大汗淋漓，很多人都中暑了。吴波年龄大，身体弱，酷暑使他吃不下，睡不好，工作又累，人很快消瘦了。

办公条件太差，总务处要给吴波配电风扇，吴波告诉工作人员不要。总务处长报告吴波，电风扇已选好了，价格很优惠，就买一台吧？吴波坚持不要。面对酷暑，大家对此不理解，这么热的天，年轻人还好说，像吴老这么年龄大的人，配一台电风扇理所当然，不仅有利于工作，也有利于身体。吴波说，这个苦，他能吃得了，可这个头他不能带。财政部机关如果每个办公室配一台电风扇，全机关得多少？财政部带了这个头，其他部门每个办公室都配一台电风扇，那是多少台，会花国家多少钱；不是宁要吃这个苦，而是没地方开支这么大一笔买电风扇的钱。吴老的清苦，大家理解，为国家节省钱，财政部首当其冲。

吴波的简朴，走出家门和办公室也一样。1957 年，他到上海搞税制改革调查研究。由于时间较长，上海饭店的房价又高，他提出局级干部俩人住一个房间，秘书住一小间，节省了开支。1976 年，吴波为摸清“文革”后地方财政的实际情况，决定亲自作一次调查研究。到第一站山东时，发现 5 部小轿车一字排开，几位处长在车旁等候。吴波严肃地说：“只要一个人陪同，去辆面包车，小车一辆也不要。”在他的坚持下，吴波和工作人员同乘一部面包车开始了对山东的调研。一个星期后，他一行乘火车到了泰安，接待人员让他乘坐红旗牌轿车，被吴老婉言谢绝。他硬是和大家一起，挤在一辆北京吉普车里。

这样的事例，财政部的同志能讲出许多。

财政部的人了解吴波，这样坚守简朴的生活习惯，不是做给谁看的，也不是给自己脸上贴金，他是一个真实的人。在吴波看来，当财政部长的如果稍有不节俭，铺张浪费之风就会蔓延，社会风气就会随之变坏；相反，节省下来的钱，却可以帮助群众或有困难的职工，是一举两得。吴波是个真实得容不下半点虚假的人。

三

吴波追求的是真，做真实的人是他无法改变的习惯。

生活中吴波是一个极其平凡与普通的人，是位可亲可爱的长者。财政部干部对吴老的朴素、可亲、可敬，有着太多的赞美。当中国财政杂志社退休干部刘凤桐回忆起吴老时，话语中包含着深深的感动。他说，想起吴老，让他感到庆幸的是，离休后的吴老以普通党员的身份，走入他们中间，是那样的朴实而令人钦佩。

刘凤桐说，那是当年吴老在卸任部长之后，有一段时间编入他们党小组，当时刘凤桐是党小组长，吴老来时，他心里既高兴又不安。高兴的是，能与老部长坐在一起过组织生活，可以面对面地谈心、聆听意见和教诲，直接感受老前辈的风范；不安的是，吴老资历深、地位高、水平高，与他们这些参加工作没几年的年轻人在一起，总感觉反差太大，心情拘谨，不知所措。当吴老和他们第一次过组织生活时，他之前所有的顾虑都顿时消失了。吴老举止慈祥，神态平和，轻声慢语，和他们一样地发言。让他感觉，静坐在椅子上的老领导只是一位和蔼可亲的长者。

吴老的发言他虽然大多记不起来了，但有些话和事还在他脑际间萦绕。刘凤桐说，20 世纪 70 年代末 80 年代初，国家经济底子薄，财政规模小，每年财政收入增长一般是四五十亿上下，有时略多些。改革开放，以经济建设为中心，各方面都想把经济和社会事业发展快一些，这需要很多钱，于是焦点集中到财政部，一度出现所谓“积极预算”的说法。意思是安排年度预算时应该把支出盘子打高，收入缺口想办法在预算执行中“积极”填平。这实质是赤字预算，当时财政经济很难承受，风险很大。在一次党小组会上，人们热烈议论着。吴老像是说给人听又像自言自语地轻声说：“要是一年增收 200 亿就好了。”声音轻微，不知别人听到没有，他清楚地听到了。蓦地，他感到自己的心像突然被撞击了一下，深深感到这位离任的老领导对财政工作依然那样的忧虑、期盼和无奈，仿佛听到了那颗永难释怀的拳拳之心对财政工作的深切祝福。

当时的党小组会，因为种种原因，有时能按时开，有时不能按时开，有时干脆是临时安排的。吴老年岁大，身体又不太好，他的家离部机关又比较远，有时开党小组会就没通知他参加。后来他知道了，就通过秘书传过话来，以后开党小组会议一定要通知他。当吴老再来参加会议的时候，刘凤桐就向他解释。吴老平静慈祥地表示谢谢，然后说，参加组织生活是党员应该遵守的组织纪律，开会一定要通知他，他若身体不好或有什么事不能来，再向组织请假。刘凤桐心里很惭愧，敬佩地接受了他的意见。

刘凤桐是党小组长，党费当然由他来收。吴老的党费每次都由秘书按时代交。有一次，刘凤桐发现吴老交的党费多了好几十块钱，便问吴老的秘书是怎么回事。秘书说，这是按国家规定给老干部请保姆的补贴，吴老不要，让交党费。刘凤桐问怎么不要。秘书说，吴老说请保姆是为了照顾自己，自己工资又高，请保姆的钱应该自己出。刘凤桐只能收下。刘凤桐想，这是国家规定的待遇，享受无可非议，可吴老却做了这样的处理……

吴老对自己要求严格，对部机关作风也严得如丝一般细。有一年部里买了几辆“奔驰”轿车，当时听说是通过外事口买的二手车，因此车好价格也便宜，按说也不是大问题。但知道其情的，自然能理解；而不知道情况的，一看数辆高级轿车出入财政部机关，其影响可想而知。吴老知道这件事情后，在三里河工人俱乐部里召开的一次部机关全体党员大会上，对此事提出了批评。

会散了，返回部机关的路上，人们边走边议论着。有的人好心地说，吴老也真是的，自己一身清廉，也离任了，还管这事干什么？叫人家不爱听，白得罪人。也有的说，吴老讲得好，应该批评。到底是财政部，几十年形成了好风气，吴老谆谆告诫后，没多久，这事就妥善解决了。

四

“吴老关心同志们进步和业务水平的提高，采取的办法是言传身教，再就是组织大家学习，或送往学校深造。如有机会，就带一些同志参加高层次会议，或拜访领导同志，使之见世面，受熏陶，这种办法很奏效。”王丙乾说，吴老对他很关心，特别是政治上的关心。他担任财政部部长时，比较起来还年轻。有一次河北省报刊上登了一篇题为“一个年轻干部当了部长”的文章，大加赞扬。有同志问吴老，财政部的报刊上登不登？吴波说，少宣传，多做事，并把此事亲自告知他，对他关爱有加，使他深受感动。1985 年，秘书姚文刚陪吴老去陕西出差，写了一篇“吴波同志二三事”，登在《中办通报》上，后被《人民日报》转载。吴老知道后，说了他整整一个星期，不让他以后再登类似的东西。

王丙乾回忆说，1980 年在人民大会堂开会时，姚依林告诉他，吴老准备退下来，中央决定由他当财政部长，要在即将召开的人大会议上作预算报告，并出席世行年会。这个决定出乎他的意料，当即请姚依林建议中央同意吴波在人大作一次预算报告，并出席世行年会。姚依林说，吴波为人你是知道的，他不会同意。

吴老三起三落，屡遭不幸，蒙冤受害，却始终没有怨言。“面完达摩十年壁，换得金刚百炼身；今日灵山问证果，此身犹愧镜无尘”。他在 20 世纪 80 年代初写下的这首诗，字里行间体现出一个人的坚定信念、广阔胸怀、远大理想和高尚情操。

吴老凡是能给予他人及社会的，他都毫无保留地奉献；凡是他人或社会给予他的，他却毫不犹豫地推让。他像一支蜡烛，燃烧着自己，照亮了别人。

第十章　烙在人心的感动

一个把高贵人格、高尚人品举到头顶的人，那自然是不说假话，不说违心话的人。这样的人，说真话，说真心话，说的是对得起良心的话。

吴波在大难临头时不说假话，在可以保全官位时不说假话，在反对和伤害自己的人面前不说假话，在面临引火烧身的人和事上不说假话。他做人，做事，崇尚真实，坚持真实，也用真诚的心向面临困境的人伸出温暖的双手，甚至对伤害过他的人宽容到了使对方无地自容的地步。

他以真实的心，保护了许多将被踩到深渊的人。有一个被他三次保护而脱险的人，虽到了晚年，还一直念念不忘吴老保护他的恩情。他多少次给别人说过吴波保护他的事，而且想让更多的人知道吴波的正义和高尚。因而他的心上，一直放不下的一段经历，其实不是放不下那些伤痛，实是放不下吴老对他的恩情。尽管在吴老看来是做了一个正派人该做的事，并不认为他是做了有恩于别人的事，但他却把吴老几次保护他的事，当作恩情来忆念。

他年老体弱已经写不了文字了，但他渴望把这段刻骨铭心的感恩，盼望见诸报端，以表达对吴老的深切怀念。他给中国财经报社打电话，提出派记者来采访他的请求，报社派资深记者，对他作了访问。他向记者提起那事，提起吴老，竟然泪水潸潸。那深情的表述，足以见得那件事对他命运关乎多大，这便是原中国建设银行副行长赵玉琢。“吴老三次保护了我”，他说起吴老的一些往事时，情绪越来越激动。

“我在工作中情绪容易激动、冲动，有时办事还很冒失、莽撞，但我所做的事都决无私利、私心，这一点吴波同志看得很清楚。因此，每当我工作中出现危机时，吴老总是第一个站出来保护我，体现出一个老党员、老领导对下级的关怀和爱护。三次力保，让我终生难忘啊！”赵玉琢对吴波的感激之情溢于言表。

第一次是1966年，赵玉琢在建设银行军工拨款三处当处长，掌管全国十八个直属办事处。直属办事处都远离市区，大多设在二机部的企业里面，有放射性污染，环境不好，因而直属办事处的员工干一阵子就闹着要调回总行，每个办事处都有五六人，一个直属办事处就有一百多号人，轮换起来难度很大。那年初，赵玉琢提议总行直管那个直属办事处的业务，但人事、行政管理委托当地分行代管。提议得到采纳，但随后不久，总行直属第一办事处就有人写信给中央告赵玉琢泄露了原子弹的秘密。当时的党中央书记处第一书记邓小平、中央财政委员会主任李富春、副主任兼财政部长李先念和公安部长罗瑞卿等都在信上签字批示，要对此事严查严办，一追到底，决不姑息。时任财政部第一副部长的吴波具体负责彻查此事。这事引起中央领导和公安部长的高度重视，赵玉琢感到大祸临头了。

吴波叫他来了解情况，问得很细，他如实向吴波说明了情况。吴老向赵玉琢了解了真实情况后，当即拿起桌上的毛笔，以一手潇洒娟秀的蝇头小楷，在信笺上写起信来。他在上书中央，说调整办事处人员行政主管部门是减少层次，提高效率。经查实，如此调整后没有发现泄露机密的行为，也不存在失密的可能。上告事件系因总行直属第一办事处的个别同志对人事、行政归属问题存有不满情绪所致。落款吴波名字后面，还加盖了一枚小小的“吴波”个人名章。他的这封信送上去后，再没人提及此事，算是销案了，原子弹泄密危机就这样被解除了。赵玉琢提在嗓子眼的心，落下了。

吴波在他关键时候，给他说了公道话，为他排除了险情。这事让赵玉琢万分感动。赵玉琢不知如何感谢吴老好，和老伴想来想去，买了一份礼品，去答谢吴老。没想到，赵玉琢离开吴老家时，吴老硬是把礼品又让他带了回去。心怀感激的赵玉琢坚持要把礼品留下，吴老说，他是在实事求是地反映情况，你本来就没问题，何必要感谢他呢！吴老让他把礼品带上，乐呵呵地把赵玉琢送到了门口。

第二次是 1979 年。时任财政部长的吴波，召集各司局开部务会议，讨论全国财政工作会议上会文件，基建司派赵玉琢参加。当他面对建设银行管的基建储备资金科目被取消并入国家计委的基建拨款科目时，当即站起来提意见质问："为什么没有事先通知，就把基建储备基金的科目取消了？"由于赵玉琢情绪过于激动，致使会议变成了两大派的激烈辩论，整个场面僵持不下。当时，有人对他的行为赞赏支持；有人对他怒目而视；还有人看热闹。赵玉琢据理力争，分毫不让，双方争论越来越激烈，而且有点出言不逊了。

这时吴波说话了。他说赞成赵玉琢的意见，基建储备资金科目还保留，但要减少两个亿，由原来的20亿减为18亿。但同时也严厉地批评赵玉琢对别人情绪不好，骂人不对，态度和方法有些过激。事情就这样解决了，过后吴波也没有再找他谈话。赵玉琢说，如果这件事吴老不出面，那后果是很严重的。他说，这一次，吴波在关键时刻又保了他一回。

第三次是1983年。当时全国处在整党期间，中央有整党指导委员会，各部委都设整党指导小组，吴波是财贸口整党指导小组的组长。中国建设银行总行会计处的一些人，给中央整党委员会写信状告赵玉琢和刘礼欣副行长利用职权，给复兴医院十多万元盖高干病房。中央整党指导委员会把信转给吴波，责成财贸口整党指导小组核实、处理，要给党员、群众一个明确的交待。吴波亲自听他的解释，也充分地相信他，认为他不会干以权谋私的事，只是给各部委在文革中普遍受迫害、身体状况差的老干部谋一点福利而已。拨款的手续是齐全的，只是立项的流程有些不顺。吴老在其他几个整党指导小组成员面前说："写信的人不一定全对，赵玉琢是个好同志。"

"吴老又再次保护了我。"赵玉琢说着，哽咽了。赵玉琢说，吴老接二连三地保护他，他又从不接受感谢，他把对吴老的感谢埋在了心里，在吴老面前从不提起，但他心里对吴老那种炽热的感激一直涌动在心里。

吴老的宽容，那是一般人做不到的。吴老的秘书说，吴老家西房的山墙后面，有几间临建的住房，把本来很窄的胡同都挤占了，连小车进出都像“挤牙膏”似的。吴老从不说，也不让秘书给反映。他说，那些群众住房困难，不要去责怪他们。

即便是对待那些曾经错误地对待过他的人，吴老的“方式”似乎也和别人迥然有别。

“文革”期间吴老60出头，积累了丰富的工作经验，精力上也是人生中的最好时期。但由于“文革”的冲击，他受到了严重迫害，失去了十年宝贵光阴，他时常不为受害而伤感，而为失去活力旺盛的岁月而痛惜。“文革”后，恢复工作的吴波，回到财政部就任顾问、党组成员，后来又担任财政部长。

吴老当财政部长的消息一公布，“文革”期间给他写过大字报的人，诬陷过他的人，甚至批斗打过他的人，着急得有点慌恐了，不知道吴波会怎么整他们。

有几位在“文革”中揪斗过吴波的人，回想起他们曾粗鲁地训斥过吴波，不让吴波休息逼迫交待问题，甚至对吴老动过手的事来，心里极度不安。他们想，如今吴波当了部长，要报复易如反掌，随便给他们找个茬，哪会还有好日子过……他们越想越怕，有的避着吴老走路，有的甚至想调离。吴老觉察到他们的不安，主动找他们“闲聊”。吴老说，“文革”中的事，是运动的错，也是集体的错，不完全是你们个人的过错，千万不要放不下；他这人“忘事”快，你们也把那些事早忘掉吧，做好事情比什么都重要。吴老宽厚的话，让不安的人心里的石头顿时落了地。

在“文革”中曾经写过吴老“大字报”和揭发信的几位干部说，吴波当部长后，他们惊恐得吃不好饭，睡不着觉，等待吴波的报复。可等了许久，也没见吴波对他们有什么“动作”。他们给吴波写检讨信，请他原谅他们的过错。吴波给他们回信说，“文革”中的错，都不是你们个人的错，况且那些事他早忘记了，你们也别挂在心上，好好工作吧。吴老的大度包容，让他们深感内疚。

吴波当部长，不但没有利用手中的权力对任何人进行打击报复，而是多次在会上说，要宽厚待人，要爱护干部，不要以个人恩怨对待人和事……吴波清楚，“文革”灾难，受害的人不是个别人，而是一群人，一个民族，说过错话，干过错事、坏事的人也不是个别，要计较起来，那又是一场灾难，只有宽容，才是最好的良药，才能治好被伤害人和伤害人心里的创伤。吴老多个场合讲宽容的话，让很多人感动，也让很多人心胸豁亮起来，放下了心里的包袱。吴老的大度包容，没想到让曾经伤害过吴老的人，内心备受折磨，感到良心不安。

吴老退下来之后，有一位曾经跟随吴老多年的部下，在“文革”期间错误地“站出来”给吴老贴大字报，揪斗吴老。多年的歉疚和良心醒悟使他十分愧疚和难受，主动找到吴老的秘书，找个机会要当面给吴老道歉、认错。

有一年春节期间，这人来到了吴老家，从进门开始就流泪。可是，吴老听完他的话后，非常平静地对那人说，“我，不记得你说的事了。人老啦，好多事真记不清了”。那人听到这些话，更是羞愧，在吴老隔壁的房间里哭了一个多小时……

沧桑世事，物是人非，拈花一笑，已泯恩仇。这就是吴老。

第十一章　大酱坊胡同20号故事

北京西城区大酱坊胡同20号，看上去是一所极为普通的四合院。在一些北京老百姓眼里，这是一座很破旧的院落，年久失修，两边厢房的房柱都已经开始倾斜，小院和房间的青砖早就已经破损，有的已断裂，每逢下雨天就会漏雨。吴老就在这所建国初期分给他的院里住了42年。

他的离休生活也是从这里开始的。

吴波在抗日战争时期，担任“晋察冀边区”人民政府的财政处长。北京解放后，担任华北人民政府财政部副部长，后来升任中央政府财政部副部长。在20世纪50年代，按照党中央国务院关于高级干部生活待遇的规定，曾给他安排几处较大的院子，他说自己家中人少，就挑选了这个汽车进入不便的小院，还安排秘书、司机、和财政部一个普通干部三家为邻共住，后来秘书和干部怕吴老亲友来往不便，影响领导休息，主动搬走了，只留下司机一家。

1976年唐山大地震，北京受到严重影响，他住的北房客厅和卧室墙体裂开几道大缝，成了危房。一时修不了，唐山的余震还在频繁出现，也波及到北京。有震时，那墙缝的土渣，往下掉，再要震动强一点，墙会倒塌。怎么能防震，房子一旦倒塌怎么办？吴波和老伴想了个巧妙的办法，请财政部同志帮忙在床上塔了个架子。

粉碎“四人帮”之后，吴波恢复了部长职务。有一天，国务院机关事务管理局来了几个工作人员，对吴老家人说，准备对他这处危房进行维修，随后把沙子、水泥、石灰等建筑材料也都运来了。吴波知道后，坚决不同意维修。他说：“‘文化大革命’刚结束，工农业生产还没有走上正轨，恢复生产所需要的资金很多，目前财政还很困难，我这房子还能住，修缮是大可不必的，只把裂缝补一补就行了，我们都应当体谅国家的困难啊！”事务管理局的负责人说：“这房子现在已经成了危房，再不修就更危险了，修理这房子也是经过集体研究决定的，而且修房子的材料已经准备好了。”吴老还是说国家困难，能节省点就节省点，先不修吧。就这样，一个要修，一个不让修，两种意见不能统一，修缮房子的材料在那里堆放了好长时间。后来还是按照吴波的意见，把墙体的裂缝补了补，就算修缮过了。

凡是去过吴老家的人，有种感慨、感动，会在心头长久涌动。吴老曾经的秘书，回忆初次走进吴老家的情景，深有感触地说，当时去吴老家时，是以一种崇敬心情进去的，但到了吴老家一看，他家的生活条件与平时自己想象中的高级领导人的家完全不一样。房屋破旧，家具破旧，连墙面和天花板的墙皮到处都在脱落。吴老家以前的一位工作人员说，给他从厨房端饭到房间时，多次发生过墙皮脱落掉进饭碗的事儿。

每一次提到给房子维修，吴老都不同意。包括好几届财政部领导去看望他时，也给他提出同样的问题，劝他，哪怕是提出来只给房子粉刷一下，也都遭到他的拒绝。吴老总是说“我离休了，已经不工作了，只能吃国家的闲饭，不能再给国家添麻烦”。

中国财政杂志社刘凤桐，至今也忘不了拜访吴老时刻在他脑海中的记忆。那次在谈话间，他经意不经意地扫视着陈旧的房间，年久失修，墙皮斑驳脱落，没有像样的家具和摆设，特别是西面花墙上半部横裂开一道很长的大口子。他们都不免为吴老的安全吃惊和担忧。于是对吴老说，这多危险，地震后房管局就没来人给修修，再地震怎么办？吴老平静地说，来过，没让他们修。刘凤桐不解。吴老又说，他不是不想让他们修，要是只把裂缝修修倒也没什么。你们看这房，他们要来修，肯定不会就修这个地方，全都得修，多费事，得花多少钱。刘凤桐劝说，还是修修吧，不然太危险。吴老依然平静地说，没关系，就他们两口人，这房子也大，再地震他们把床搬到东边就行了。

房子太老有危险，吴老怕花公家的钱，执意不让修，而一旦出了事怎么办？负责管理房子的有关人员时常犯愁。直到 1993 年，吴老年龄越来越大，工作人员实在怕他摔倒，就一起想了个主意，先做通吴老夫人邸力的工作，再通过她，用一种“骗”的方式，让吴老出去待了两天，利用这两天时间才给他的房子粉刷了一遍。事后吴老明白了大家“骗”他，还把秘书也批评了，说不该替他做主。

吴老到92岁后，行动明显迟缓得厉害，住平房上厕所、洗澡很不方便。这时，北京万寿路财政部的宿舍正好修了起来，财政部领导关心吴老，安排他搬楼房去住，他有点犹豫。他说，财政部机关没房子的新干部不少，他在平房里虽然条件差点，但可以住下去，再加上自己年龄大了，就不搬了吧。财政部有关部门领导去看望他，劝他搬家，并说，新建的房子等部里简单装修一下就可搬了。吴老说：“你们抬轿子，莫让我犯错误啊。”他回忆当年刚进城时，分给他的住房，后墙裂了，墙皮也脱落了，部里给修补修补，粉刷了一下，还作了自我检讨，几十年一直引以为戒，深自警惕，真是“其责己也重以周”啊！

从平房搬到万寿路楼房时，吴老反复问秘书，房子不能超标，家具也不能公家配，所有的费用，必须从他工资里出，不准花公家的钱。

第十二章　他的心中有座丰碑

吴老对权利、钱财和待遇的超然、淡泊，已经到了让大多数人不可理解的地步。他为什么对几十块钱的预算而“小气”得斤斤计较，为什么不愿坐豪华专车而长期坐低档次的车，为什么不把儿子安排到北京而支持其到甘肃和北大荒落户，为什么刚在财政部部长位置上任职不到一年就让贤给了别人，为什么不让把破旧的住房维修得舒适漂亮一点，为什么把自己的住房不留给子女而交给国家，为什么去世后成了没有存款的“无产者”，为什么不计较“文革”带来的伤痛而要把国家给他的补助金全部上缴党费，为什么自己生活清苦而拿出工资来帮助贫困的人……

这是因为，吴波一直把周恩来总理和陈云等革命老同志作为自己为人做事学习的楷模。有人说，吴老如此超然、淡泊，甚至简朴到了对自己清苦、苛刻，对子女严格到无情程度，是因为他有崇高的追求，为他人想得多为自己想得少，他也是周总理那样具有崇高人生理想的人。周总理的精神追求和内心情怀，正是吴老追求的人生之路和思想境界，因而周总理就成了吴老追随的人生榜样。在吴老的家里，长年挂着周总理的画像，这是因为他们一家人把周总理当作情感最亲近的人。

周总理对吴波的影响是从1936年西安事变开始的，新中国成立后吴波在财政部工作，频繁接触周总理，周总理的高尚人格、无私无畏和严谨细致的精神风格，越来越深刻地感染吴老。或许，他们天生就有着相同的人格魅力。

在中共中央和国务院直属机关负责人的一次会议上，周总理说过这样一段话，对吴波内心产生巨大震动：我们的领导干部，首先是我在（会场）内的407人应该做出一点表率来。不要造出一批少爷。……不然我们对后代不好交待。秦始皇能够统一中国，而他溺爱秦二世，结果秦王朝就亡在秦二世的手上……对于干部子女，要求高，责备严是应该的。

周总理严格要求侄女侄子，吴波也严格管束孩子们。吴波鼓励几个儿子到边远地区工作生活，他也拒绝好心人对他子女的关照，要求儿子安心在边疆和农场工作。

工作中，吴波也从周总理身上，学到了许多。

有一件事，让吴波刻骨铭心，也让他回味许久，也成了他的工作标准。

那还是20世纪60年代初的一个晚上，时针已指向凌晨两点，时任财政部副部长吴波家的电话铃声骤然响起。急促铃声惊醒了睡梦中的吴老，他迅速拿起话筒，电话那头传来总理办公室值班员的声音：总理请您马上过来一趟。

20分钟后，吴波匆匆赶到周总理办公室。此时周总理还在伏案阅读一份文件，听到吴波进来，一面示意吴波坐下，一面把手中的文件递了过去，和蔼地问："这份文件你看得懂吗？"

吴波接过文件一看，正是当天上午财政部刚刚送交国务院领导审阅的一份报告，这份报告正是由他组织起草并亲自修改过的。难道会有什么问题吗？吴波抬起头，用不解的目光注视着总理。

"同志"，总理走近他语重心长地说，"我们这个文件是要给广大群众看的，可报告里面用词这么专业，老百姓能看得懂吗？"

此时的吴波才恍然大悟，明白了总理连夜请他过来的用意。周总理把文件一字一句作了修改后，交给吴波，对吴波说："你们再看一下，修改好，尽快给我。"周总理缓慢而严肃地说。

吴波起身向周总理道别，拿起文件，快步走出了周总理办公室。

第二天清晨，红日刚刚升起，经财政部党组清稿、修改过的这份文件，已端端正正放在了周总理的办公桌上。

听过这个故事的同志心里明白，吴老念念不忘这件事情，在很多场合，讲给财政部同志听。他是要时时提醒自己及同事们，财政工作连着千家万户，只有把广大群众放在心里，让广大群众了解并理解这个事业，支持这个事业，才能保证财政工作的健康发展。

中国财政杂志社刘凤桐深情地说，他对吴老的亲见、亲听、亲感的事，是从 1977 年初参与给张劲夫部长写纪念周总理讲话稿开始的，在周总理逝世一周年时，财政部将召开一次纪念大会，表达悼念之情。起草张部长讲话稿的任务落到财政部办公室资料处，领导把任务交给了他。为完成好任务，除搜集文件材料外，还准备访问与周总理工作联系较多的吴老。

一天，财政部老付带他来到西四大酱坊胡同吴老的家。这是一处四合院，正房坐北朝南，吴老住在正房。吴老的老伴邸力把他们迎进房间。室内北侧和东侧排列着许多陈旧的木制书橱。当时吴老身体不好，面容发黄，背西面东平静地坐在旧沙发里。寒暄之际，吴老边指指他，边轻声问老付，意思是他是谁？老付说这是他们处新来的小刘。他第一次见到了这位老前辈，有点紧张。

那天，吴老谈了很多，谈周总理。吴老说，总理精力惊人，为党和国家日理万机，有时已是下半夜一两点了，吴老已经入睡，还常常接到他的电话查问情况，总理还在忙碌着。

周总理不知疲倦地工作着。他有好几个秘书，轮流值班，都觉得很忙很累。周总理对秘书要求很严格，也很关心。夜里，周总理常常叫值班秘书回自己办公室休息。秘书哪好意思，说："您一个人忙不就更累"。周总理总是和蔼地说："我是主动的，你们是被动的，老得等着我，因此我不累你们累。先回去，有事再叫你"。秘书们在总理身边工作虽然很忙，但心情都很愉快。

周总理很关心很爱护身边工作的同志，在工作作风上却十分严格，有一次组织部给总理办公室派来一个秘书，这个秘书向北京市有关单位打电话要了两张戏票，总理知道后，第二天就把他退了回去。

周总理很关心支持财政工作，常常为财政主持公道，排忧解难。吴老回忆 50 年代的状况时说，经济凋敝，百业待兴，财政很困难，各方面都很需要钱，财政压力大。有时开各大区书记会，叫他到会。各方面都要求给钱帮助解决问题，可又拿不出那么多钱，他左右为难。为难之际，常常是周总理出面调解。

让刘凤桐记忆最深的，是吴老回忆周总理的高超领导艺术。解放初，恢复经济急需财力，唯一的办法只能通过税收多组织些财政收入。财政部考虑征收娱乐税。这个税该征不该征，不同方面有不同反映，一时举棋不定。一天，周总理得知浙江一个小剧团在北京演出一场越剧，他用自己的钱买了两张票，让秘书送给吴波，转告吴波要他晚上去看看剧团的演出，并嘱咐吴波和剧团同志谈谈，征求一下他们的意见。这件事使吴波很感慨，他征求了剧团同志的意见，对征收娱乐税心里有了底，从而妥善处理了剧团的问题。事后吴波在财政部常常讲这件事，激励自己也告诫财政部的同志，要学习总理认真细致的工作态度和灵活的工作方法。

第十三章　儿子们的故事

吴老搞财政工作几十年，到处都有老战友、老下级，可是他从未想过要利用职权和战友关系，把自己的儿子弄到身边，或调到大城市，安排工作。吴老常说：“孩子从学校毕业，就是国家的人，要服从祖国分配，要到祖国最需要的地方去，青年人尤其要注意到艰苦的地方去锻炼。”他还经常对儿子们说：“路要靠自己走，不能依靠父母。靠父母不能长久，那是一种没有出息的表现。”在吴老的教育和鼓励下，他三个儿子有两个在外地工作，而且都是在艰苦的地方安家落户。

一

甘南舟曲大山里的儿子。

长子吴本宁大学毕业，同几个高干子弟一道主动申请支边，去条件艰苦的甘肃工作。吴本宁放弃北京优越的生活条件，却要到边远落后地区工作，是一时心血来潮，还是什么原因？他实则是受了吴老“淡泊名利”和“志在为国”思想的深刻影响，是想了很久才下的决心。吴老没拦他，对吴本宁说：“我支持你的选择，青年人志在四方，这是一个很好的锻炼机会。可你一定要记住，既决定去，就不能中途当逃兵，要在那里安家落户。”吴老给吴本宁“约法三章”：“去就得去一辈子，不能做逃兵。再有，到下边不能摆高干子弟的架子，要和群众打成一片。第三，凡是我在甘肃的熟人，你都不能去找……”

吴本宁虽然生在高干家庭，但还是能吃苦的。他从小在安徽农村过着艰苦的生活，后来，回到父母身边念书，吴老却要求儿子们养成独立生活的能力，艰苦朴素，不准搞特殊。吴老为了吴本宁增强独立生活能力，让他在北京一中学住读，家里每月给他 20 元生活费。他除了伙食费外，还经常攒下一些钱来添置衣服或鞋袜，生活非常简朴。

他到甘肃后被分配到了甘肃舟曲，一个高原荒凉贫瘠的地方。

吴本宁去的甘肃舟曲，山大沟深，实在太苦了，同去支边的五个男孩，最后只有他一直留在了舟曲。即使是那三年自然灾害期间，他在甘南几乎被饿死，他也以坚定的毅力忍着，没有回家。后来，他在当地娶妻生子，再后来有了孩子、孙子，子孙三代都生活在舟曲，真正做到了父亲对自己期望的“坚持到底”的要求。

几十年扎根在舟曲这样山大沟深的地方，吴本宁所吃的苦，不仅仅是环境和生活条件艰苦，还经历了数次死里逃生的风险。

那一次，吴本宁差点被山崩吞没。舟曲的山路很窄，一侧是深谷，谷底流淌着咆哮奔腾的岷江支流——白龙江；另一侧紧紧地、曲曲弯弯地依着狰狞突兀的悬崖。正是收玉米、柿子的黄金九月，走在山路上的吴本宁等几个年轻人并不留神身边的景色，只是大步流星赶路。忽然传来“干部快跑！快跑！”的喊叫声。吴本宁回望身后，一个老乡正边喊边以百米冲刺的速度奔跑。“干部快跑啊，山崩……”他们也往前跑……一声震天动地的巨大气浪，使吴本宁腾云驾雾般飘出去几十米。他倒在了白龙江畔的崖边上。他看见身后的悬崖不复存在，山体伴随着隆隆巨响滑向白龙江。他感觉自己的脚踩不到地上，他的腿被悬空，身下是汹涌的江水。好险哪，差一点儿就被山崩推到江里了。那是1955年9月，吴本宁刚到舟曲。

那一次，吴本宁从翻车中脱险。1956年12月，在舟曲检察院工作的吴本宁奉命外调。他背上行李，去找开车的师傅。那天，舟曲正弥漫在大雪之中。吴本宁出了门，大雪足有一尺多厚。开长途卡车的一位师傅说，这天不能出门的。吴本宁迟疑了，师傅接着断然地说，要翻米仓山，相当危险！

吴本宁知道，他必须如期从舟曲赶到武都，如果不开车，他就不能尽快赶到；当然他也知道大雪天出车的危险。

车还是在乘客的要求下开了，汽车翻越山脊到了山峰，然后是一溜被深雪掩盖着的大坡，车速自然加快。路太滑，刹不住车了，危险！人们惊叫着，吴本宁也扯开嗓子大喊：“跳车！”他仗着年轻，机灵敏捷，一下翻出了车外。只有吴本宁一个人跳出来了，汽车翻入深谷。雪很深，他在雪中呼唤：师傅——老乡——，汽车不见了踪影……

那一次，他绝处逢生。1959 年 5 月，已是吴本宁来到舟曲的第四个年头。这个做事极其执着的小伙子，已是经验丰富的农村干部。这天，他正在下乡，相对说，舟曲县就是当地大都会。头一天接到通知，吴本宁必须赶到县里，十点钟向书记汇报下乡抓点工作情况。头一夜刚下过雨。小路又湿又滑。吴本宁在山腰小路上迅速而谨慎地选择落脚点，走到山的转弯处，路面出现一片水洼，只有路当中有片稍干燥的地块，他小心地踏过浅水，迈上那片干土。不料，这块干土竟然下陷，两脚也随之沉了下去。吴本宁本能地用双臂横架在四周尚未陷落的黄土之上。向下一望——下面是深不见底的黑洞。这是一个天然陷阱。

他张望静寂的群山，渺无人迹的小路。他挣扎着想从洞中翻出，身一动洞更大了，很快陷落到了肘部。极其危险。他拼命喊“救命！”，广袤的山地寂无声响。他力图想用身上带的保险绳，可他的手得撑住自己，他无法移动沉重的身体。

他想到了身上带的枪。他的嘴终于咬到了枪绳，又用嘴把枪摇摆到了手里，他放了一枪，又放一枪。洞口在枪的震动下又扩大了一圈。他只能用两只手抓住距他越来越远的黄土地……洞口大到四尺之围了，吴本宁顶多只能坚持几分钟。这时，传来了人喊声。这不是梦幻，是一个藏族妇女匍匐着在向窟窿接近，她准确地扔过来背篓里的一根绳索。有如神助一般，吴本宁抓住了绳头……

1960 年，大饥饿差点让他长眠舟曲。20 世纪 60 年代大饥饿，在贫困的舟曲显得更为肆虐。那时他还没有结婚是个单身，吴本宁说：“一天六两粮，只能吃葛根，喝稀饭，能照见人的稀饭啊！他病了，是拉痢疾。我动不了时，就靠一个小铝盆，喝粥是它，洗脸是它，晚上撒尿也是它”……“又挨饿，又拉肚子，谁都以为我活不成了，可我又活了过来。”“人家有点东西的，有块手表的，能拿去跟老乡换几个杂面饼子吃，可我什么也没有，真眼馋啊……”

有人说，吴本宁在甘南的40多年，其经历比之好莱坞大名鼎鼎的史泰龙、阿诺德所表演的惊险镜头恐怕也并不逊色。而吴本宁却淡然地说，他很幸运，也很幸福。他凭自己努力，改革开放之后当上了舟曲县公安局副局长。

这些苦，这些险，吴老听吴本宁说过，他为儿子能一辈子扎根在穷苦的地区，感到欣慰。虽然如此，吴老还是对吴本宁要求依旧很严格。有一次回到北京，从“小吴”已经变成“老吴”的吴本宁得到一个信息：父亲的老友，财政部的领导来看望吴老时提出，本宁在甘南干了近40年了，锻炼得也可以了。甘肃省领导都知道吴本宁的事，他们的意思，是不是把他调到兰州……得到这个消息，吴本宁有点动心，兰州的条件当然好，要是能调到兰州，自己给舟曲的乡亲跑跑致富门路也倒方便，还有自己岁数大了看病什么的，大城市总和乡下不一样……不过吴本宁还是摇了摇头。因为38年前他与父亲有个约法三章，他感到不能违反。

随着年龄增大，吴本宁回北京的次数越来越少了。有一次，吴本宁来北京看望父母，那时吴本宁已是70多岁的老人了，大老远从甘肃回来看他，可吴老不让车去接他，而是让他自己坐出租车回家。吴本宁只好拎着行李、提着土特产，打出租车回家。对于吴老的苛刻严厉，吴本宁早已习惯，而且理解，没有任何怨言。

其实，从吴本宁自愿报名到甘肃艰苦地方工作，到安家落户，到面对相当艰苦恶劣的生活环境，到面对一次次遇险，甚至到生病医疗费报销不了，他都没有动摇当初的选择，没有放弃父亲在他临去甘肃时交待的，要他一辈子扎根，不要当逃兵的嘱咐。是什么定力，让他在面对这么多困苦面前，没有回头？是父亲的精神的牵引。吴本宁从条件优越的北京，自愿到艰苦山区工作生活，而且扎根了一辈子，是跟父亲学的，是受了父亲强大精神力量的引领。

舟曲是个贫困地方，吴本宁退休后，患了糖尿病，医疗费常常报不了，即使能报，也久久报不回来，报回来了也报不全。儿女们想不通，而吴本宁却说，舟曲穷，单位没钱，有钱能不给报吗？报不了药费，他从来不抱怨。

虽然医疗费报不了，但对舟曲有好处的事，他还是同退休前一样，愿意做的，哪怕蒙受委屈，他也不计较。1998 年他曾通过自己的弟弟向香港健康引发基金提出申请，募捐到 50 万元为舟曲建了一座医院。县上搞建设，缺钱，县领导请他到省里争取些项目资金，他费尽周折，给县里争取到了项目资金。按照县里招商引资的奖励规定，要给他奖励一笔钱，他分文不取。别人说，吴本宁争取项目资金，拿了好多万元回扣。对于这个谣言，家里人受不了，可他不在意，也不解释，一笑了之。

吴本宁传承了他父亲的思想，也把这种精神传承给了他的孩子们。2010 年 8 月 7 日，舟曲县突降强降雨，县城北面的罗家峪、三眼峪泥石流下泄，由北向南冲向县城，沿河房屋全被冲毁。吴本宁大儿子住的公安局宿舍，被泥石流吞没。正巧这天晚上，他大儿子去了单位值班，在家的媳妇被泥石流夺去了生命。政府按照正常抚恤金，补助了一万多元。有人对他大儿子说，抚恤金太少了，找单位再补助些。他大儿子没去找。没找的缘由，是感到所有的遇难者都是这个标准，凭什么我就搞特殊！

吴本宁学父亲做人做事，在舟曲 40 年毫无怨言，是公安系统的先进工作者。他的二儿子吴卫军从舟曲考入大学，分配到甘肃警察学校。吴卫军虽然也受了很多苦，但他对于父亲选择舟曲为家，把他们生在艰苦的地方，没有怨言。他说，他父亲选择舟曲从没后悔，而他们生在舟曲，长在舟曲，对吃的很多苦，也不后悔。儿女感激父亲，父亲不安家舟曲，也不可能有他们，更不可能成为令他们骄傲的财政部部长吴波的孙子……作为吴波孙子的吴卫军，他虽然只见过爷爷吴波6次，而每次仅两三天，爷爷没有给他留下一个大领导的形象，在他的记忆中，吴波是一个慈祥的爷爷，和普通人家的老人没有什么不同。但爷爷的精神却长留在他们的心里，激励着他们。吴卫军说，他们兄弟姐妹五个，同他们爸爸一样，都没有因为是财政部长的儿子、孙子，高人一等，心理上没有，做人上更没有；也没有倚仗爷爷的影响力和他的部下、朋友，给他们办任何事情，谋任何好处。他们家兄弟姐妹几个，就他一个上大学分配到了省城，其他的都在舟曲，做着普通工作，做着普通人，生活虽遇到许多困难，但从没倚仗父亲、爷爷的影响，找人关照过自己。他们学爷爷，学爸爸，离名利比较远。这样淡泊的生活，感到也没失去什么，更没有失落感。

吴卫军和他的兄弟姐妹们学爷爷，也学父亲，身上无不有吴波的影子。

二

吴波当年去延安，把孩子都寄养出去，解放后才陆续找了回来。次子吴威立1951年由青海来到了父亲身边。大学毕业后，他被分配到北京重型电机厂工作。吴波对他说，他留在北京却失去了下到农村或军队锻炼的一课，要求他平时住在工厂的集体宿舍，便于劳动锻炼。直到1966年“文革”开始，家中父母都被冲击后，他才搬回家来照顾老人。

“文革”期间由于家庭问题，吴威立也受到冲击，一直是被控制的审查对象。“文革”结束后有人想调他去机关工作，都被吴波谢绝了。后来他经同事张汝谋推荐被组织调到了国家机械委员会工作。1987年政府机构调整，组织上拟安排他到国有资产管理局工作，那时的国有资产管理局归口财政部领导，吴波知道后坚决不同意。当有关领导拟和他沟通时，他斩钉截铁地说，他的儿子不准进财政部门，谁来说也不同意。之后吴威立辗转去了新华社香港分社工作，直到退休。

吴威立回忆说，父亲对人亲切和善，待人诚恳、平等。但对子女却十分严格。1957 年他考上清华大学，父亲很高兴。当时需要买一些上学用品，他作了个预算是 98.4 元，妈妈给了 100 元，爸爸说不行，硬是向他要回了 1.6 元。上大学一月 20 元包干，包括了吃饭、穿衣、日常用品，也包括了书本文具的费用。他从来没有感到与别人有什么不同，同学和同事们也没有人感到他有什么不同，兄弟们都十分谨慎，这种谨慎来自父亲的压力，所以在各方面都很小心。

吴威立还回忆说，上学时他住在学校，工作时他住在工厂，很少见到父母。节假日回来看到父亲仍在忙着工作，父亲吃饭不管好坏都是一碗，速度很快，饭后又去忙他的工作，有时在院里散散步，也是不停地在思考工作中的问题。父亲平时很少和孩子交流。要说父亲对他的教育主要是“身教”。父亲的一言一行所作所为，都在教育他，给他一种压力，要他朝一个方向去努力。要他一辈子要按照党的原则做事，衡量自己。在工作中他是一个很普通的工作人员，为国家、为人民的事业，努力了、奋斗了。

三

北大荒开拖拉机的儿子。

幼子吴本立长大后第一次见父亲，是他 19 岁那年。那时他在安徽宣城上中学，有一天，有人打电话找吴本立，电话里的人说，他是吴本立的家长。吴本立一时懵了，心想，哪来的家长？半天无言以对。吴波接着说，他是他北京的家长。吴本立知道，北京有个爸，是财政部部长，每月给他寄生活费，但从来没有见过呀，更没有听过他说话，他有点不知所措。对方告诉他，他住在宣城某家旅馆，过来见个面吧。

吴本立找到那家旅馆，这是家极其普通的旅馆，他有点不信，自己的爸是国家财政部部长，怎么会住这么简朴的旅馆，莫不是冒充父亲的人吧？他到旅馆查“吴波”住的房间，而登记簿上有“吴博”的，没有“吴波”这个人。他问旅馆老板，“吴博”是从哪里来的，老板告诉他，听说是从北京来的大官，公安局查外来人时，从登记簿上知道了他的名字，把他接走了。

吴本立没有见到父亲，他等候了几个时辰，才见到了他父亲。第一次见到父亲，他感到极其陌生，又很紧张，不知道说什么好。吴波端详他半天，摸摸他的头，拍拍他的背，亲热地问他学习生活情况。吴波看到儿子长成了大小伙子，学习也不错，显得很高兴。吴波在鼓励吴本立的同时，也批评了他一顿，是为他脚上穿的鞋。吴本立见父亲时穿了双白球鞋，这在当时学生中是不多见的。吴波批评儿子，穿这么贵的鞋，太浪费了。第一次见父亲，没想到就挨了父亲的批评，吴本立心里不是滋味，也让他从此知道，父亲对子女是个很严厉的人。

也许是他这双白球鞋，让吴波觉察到了儿子花钱的“大手大脚”。吴老怕吴本立花钱管不住自己，就把每月寄给儿子的 20 元生活费，不再寄给他本人，而是寄给老师代收，并帮助管理开支。

吴波这次回宣城老家，是请假去宣城，探望 20 年未见过的 82 岁老母亲。他不想惊动县里同志，住店便使用了化名，不料被省里通知了宣城。县里找不到吴老，就用查饭店流动人口的办法找到了他。他本想陪母亲住一两天，结果由于惊扰了地方，他只在家中呆了 15 分钟，第二天就离开了。

吴本立 1958 年从部队转业，自愿报名到北大荒参加建设。吴本立给他父亲打电话告诉了他自己的选择，并说不回北京见爸妈了，直接去北大荒去报到了。那时全国都在“反右”，吴老迟疑片刻，有点不放心地对吴本立说，你去北大荒接受锻炼，他很支持，如果不是犯错误，他放心，如果去是因为犯错误，你必须回京给他说清楚再走！吴本立对吴老说，他是自愿要求去北大荒的，绝不是因为犯错误，爸爸尽管放心。吴波对吴本立接着说，如果是这样，是好事，就直接去吧。但你去却不能当逃兵……

吴本立得到了父亲的鼓励，怀揣着对一望无际北大荒的梦想，连家都顾不上回，满怀喜悦地直接到北大荒去了。他同那个时代的许多青年一样，是一个多么富有激情，也是一个多么单纯的青年啊！

吴本立一头扎到了北大荒的田野里，当了名拖拉机手，有种扎根一辈子的劲头。吴本立记着父亲当初叮嘱要他扎根北大荒的话，他也十分乐意做一辈子拖拉机手，在这北大荒的黑土地上，播种出更多的庄稼来。

吴本立早出晚归，开拖拉机开得更欢，工作干得虽然出色，但也不是没有委屈。一天，他开的拖拉机因超负荷作业，出了故障，影响了生产。队里领导不分青红皂白，开批斗会，批判他破坏生产机械。他委屈，很郁闷，跟谁也不想说话，连续三个月没给父亲写信。

吴波长时间没收到本立的信，不放心，他向北大荒农场打电话了解情况，是不是吴本立犯错误了，三个月不给他写信了。北大荒领导没听说有个吴本立犯错误的事，就让下面找吴本立。八五〇农场很大，找了好几天，也没有找到叫吴本立的人，更不知道谁是财政部部长的儿子。后来才在基层的生产小组里，听拖拉机队长说，有个拖拉机手小吴叫吴本立的，总不会是他吧？找到吴本立时，他正在田野干活，满身的土。领导问他，怎么三个月不给你父亲写信?！吴本立不好说什么，只好说忙，没空写。领导当即说，放你三天假，给你家里写信！这件事后，拖拉机队的人才知道那个平日老实巴交，不喊苦，不喊累，满身泥土的小吴，原来是财政部部长的儿子，他怎么从没说过呢……

后来北大荒成立“八一农垦大学”缺老师，吴本立因为上过大学，被场里选中当了老师。几年后，他有了三个孩子。吴本立当老师相当敬业，全身心投入到了教学中。而孩子拖累越来越重，没人料理家务，孩子和吴本立都苦。他爱人原是农场的工人，为了不让本立因为孩子而耽误教学，便辞去工作，在家忙起了照顾孩子、丈夫生活的事。妻子辞去工作，没了收入，全家5口只能靠他55元钱生活，不够花。随着孩子用钱地方增多，日子过得很苦。

吴本立是个对事业、对家庭爱心很重的人。北大荒环境本来就苦，生活更苦，一月55块钱的全家开支，渐渐难以支付家庭开支，他拿着镐头、铁锹选了块荒地，开荒去了。北大荒有的是荒地，谁有力气，谁开多少，尽管开。他开了好几亩荒地，种上了高粱、玉米什么的，还修了个猪圈，买了几头小猪放进去。想猪养大了卖几个钱，改善家里经济条件。这事，农场人事科长知道了，他既同情吴本立的辛苦，又不理解作为财政部部长儿子的他，落到靠种地、养猪养活自己的地步。

有一次，他去北京办事，提出顺便到吴本立家看看他父母，吴本立没有多想，把家里的电话、地址给了人事科长。人事科长找到吴老，也不管吴老的官多大，对吴老劈头就说，您在财政部当部长，生活在条件优越的北京城，怎么不管你儿子的死活，他生活很困难您都不管?! 吴老被这来自北大荒人直爽的质问，问得不知所措。再听他说吴本立开荒养猪的事，才知道怎么回事。吴波对人事科长呵呵一笑，带着歉意的口气对他说，是他对本立关心不够，你指责的好，今后会多关心他的……

人事科长前脚离开，吴波当即写信问吴本立："你的生活究竟有多困难，为什么不告诉我？你是当老师的，不专心教书，种什么地、养什么猪?!"吴本立回信说，生活虽困难，自己辛苦点可以解决。吴波又写信给本立，问他当地一个人每月生活，最少需要多少钱?吴本立回信说，15元左右。吴波回信说，你不能开荒了，地不能种了，猪也不能养了，好好专心教书，生活困难，家里来给你补助。

那天晚上，吴波和老伴商量后，以后每月给吴本立寄去20元，吴本立从此不再养猪，专心教书，全家的生活困难解决了。吴本立说，他爸给他们每月 20 元钱，全家每月就有 75 元生活费了，真是解决了为生活发愁的大问题啊。

吴波虽然对儿子们充满了爱意，但对他们要求严厉有加，这也让儿子们习以为常，也影响着儿子们淡泊名利的思想。吴本立因教学业绩优秀，学校领导给他晋升副教授职称的名额，当然也有照顾他的因素。但学校没有高级职称的老师很多，吴本立感到自己年轻，还是让给老教师为好。他把这个想法写信告诉父亲，吴老回信对他说，拿出两三年时间，准备论文，争取做一个名副其实的副教授，靠真才实学，不靠照顾。你把这次机会让给同事，做得完全对。

吴本立工作的突出成绩，加上财政部部长父亲的背景，学校总想找机会给他点照顾。有一次，吴本立回家兴冲冲地对吴老报告，自己将赴香港进修。吴波说，人家为什么没让别人去，偏让你去？分明是看到你爸是财政部部长，关照了你。他说，这个关照你不能要。吴波硬是通过农垦部领导，把派吴本立去香港进修给“卡”了。吴本立虽然对父亲的做法有想法，但他感到父亲说的也有道理。自己的前途进步，应当靠自己，不应当来自父亲的影响力。他努力进取，立志做一个好老师，为北大荒培养更多人才。后来他经同事介绍调到了南京审计学院工作。吴本立随后在几十年的老师生涯中，追求事业的高山，被江苏省评为高教系统的模范党员。

吴本立跟吴波在一起生活的时间，他算了算，总共不到一年。有一件事，至今让吴本立感动得落泪。他说，父亲对他，内心是很疼爱的。有一年，他从张家口回北京看爸妈，吃完饭后，大家都吃萝卜。爸爸、妈妈却给他一个“国光”苹果。这苹果，是给吴本立的特殊待遇，他吃着爸妈给他的苹果，喜悦的泪水直往下掉。这让吴本立在觉得父亲严厉的同时，也感受到了他心里无时不在地挂念着儿子。

吴本立说，父亲晚年，越发惜怜儿子们了。过去他离家回去，他父亲一般把他送到客厅，不再远送；老年后，他们每次离家回去，父亲总是把他送到大门外……

第十四章　两套房子和遗嘱

吴老晚年分配到万寿路两个单元的住房，可以用很低的价格购买，可他却不买。吴老说：“我参加革命成为一个无产者，从没有想过购置私产留给后代。”他参加革命时的这个初衷，经过了世事沧桑、风风雨雨的几十年，一丝一毫也没有改变。到了晚年，他对这个初衷的实现，越发迫切了。

他知道，自己追求做一个没有财产的人，还是有一定难度的。难度，不是来自他，也不是来自老伴，而是来自于儿子们、孙子们。他有四个儿子，十多个孙子（女）。除三子吴威立在身边北京外，其他三个儿子都在外地。虽然他们定居在外地，而北京的儿子和外地的儿孙们对他的私产，都有继承权。他没有存款，工资都用在了生活上或慷慨地接济了贫困的人，留在身后的只有两套房子了。吴老决意身后把两套房子交给国家，而他也要征求几个儿子的意见。他希望所有的儿子都来赞成他的做法。大儿子去世了，他让三个儿子发表意见。两个儿子赞成父亲的意愿，一个明确提出，父亲的房子属于私产，不能交公，留给外地的儿孙们回北京住。吴老坚决不同意。吴老给“有想法”的儿子耐心沟通，最后得到了他们的理解，表示尊重父亲的意愿。

那怎么做到他和老伴去世后，把两套房子立即交给财政部呢？吴波想到了立遗嘱。那年，年高 85 岁的吴波病重住院，他感到自己的身体越来越差了，有点着急立房子遗嘱的事了。出院后的一天，吴波让三子吴威立和秘书王沈京等，张罗立遗嘱的事。他开了一个家庭会议，请王沈京、梁志义作为立遗嘱见证人。吴老提出，他去世后房子交回财政部，家庭成员一致同意。他口述，让吴威立记录，留下了交房遗嘱，并把这份遗嘱送交给了财政部。

房子交公遗嘱（1）

我参加革命成为一个无产者，从没有想过购置私产留给后代。因此，我决定不购买财政部分配给我的万寿中甲 11 号院 4 号楼 1101、1103 两套单元住房。在我和我的老伴邸力过世后，这两单元住房立即归还财政部。我的子女他们均已由自己所属的工作单位购得住房，不得以任何借口继续占用或承租这两单元房，更不能以我的名义向财政部谋取任何利益。

我去世后后事从简，不发讣告、不开追悼会，不搞遗体告别，火化后骨灰就地处理不保留。

立遗嘱人：吴波（亲笔）

见证人：王沈京（签名）、梁志义（签名）

家属：吴本宁（签名）、裘企阳（签名）、吴威立（签名）、吴本立（代签）

2000 年 10 月 9 日

这份落地有声的遗嘱，已经有两个见证人，也由儿子、儿子的代签人签名画押，按理说房子交公的事已经不会有什么问题了，吴老似乎放心了。两年多后，吴老年事已高，多病，也经常住院，他对去世后房子交公的事又放心不下了，同时他感到还有一些意愿，需要给财政部领导交待一下。他又写了第二份遗嘱。这份遗嘱，他直接写给了时任财政部部长的项怀诚。

房子交公遗嘱（2）

怀诚同志：

我的后事请按我的遗嘱办理，一切从简。

我在遗嘱中要求我的子女不要向财政部伸手，也请部里不要因为我再给他们任何照顾。在我老伴邸力过世后，我的住房必须立即交还财政部。财政部也不要另外给他们安排、借用或租赁财政部的其他房屋。他们有什么困难，由他们找自己所在的工作单位解决。

我指定我的三子吴威立做我的遗嘱执行人，由他负责同财政部联系。

顺致　问候。

吴波（章）

2003 年 1 月 26 日

这天早上，项怀诚部长上班很早。秘书从大堆呈报件里，看到了吴老的遗嘱，他连看几遍，感到遗嘱虽短，但“份量”很重，他被吴老一生追求无私，死后实现无产的高尚风格深深感动，他当即把吴老的遗嘱，呈送给了项怀诚部长。他对项怀诚部长说，这是吴波老部长写给您的遗嘱，看了让人感动和掉泪！

项怀诚马上放下手里的文件，看起了吴老的遗嘱。项怀诚与吴老共事很长时间，也是吴老的老部下，对吴老心中由衷敬佩。吴老在位时，从没给组织提过任何要求，离休后也从没给组织提任何要求，他多么希望吴老给他写的这张纸的文字，是解决生活方面的问题。因为项怀诚每年都几次去看望吴老，他的生活太简朴，需要改善，但他从来不同意。面对吴老的遗嘱，项怀诚部长心里一股情感往上直涌，他瞅了许久这份遗嘱，是感动，也是在思索……他说，吴老真是了不起啊！他在遗嘱上批写道：

请党组同志传阅并存人事司。

(2003 年）1 月 28 日

这第二份遗嘱和第一份遗嘱一样，同样在财政部党组成员中引起了赞叹。党组成员钦佩吴老的高尚品格，对吴老的意愿，只好选择同意。大家明白，按照吴老的遗嘱办，就是对他的最大理解与敬重。

2005 年 2 月 20 日，吴老平静地走完了 99 年人生。2 月 25 日上午，家人在八宝山送走了吴老。随着火化炉缕缕青烟的升起，这位一生经历了无数坎坷，且在坎坷中执着追求高尚境界的人，永远驾鹤西去了。办完父亲丧事的吴波家人，挂念着他父亲的遗愿。大家都明白，要让吴老没有牵挂地安息，只有把他的遗嘱，不折不扣地尽快办好。就在那个下午，吴威立趁家人比较齐，召集兄弟、侄儿，也请了吴老的秘书和身边工作人员开家庭会议，研究办好父亲遗嘱的事。经过大家商议，全体同意执行父亲的遗嘱，并对执行遗嘱中的具体事宜，作了规定和要求，形成了一份《家庭会议纪要》，打印人手一份，请各自照此落实。

家庭会议纪要

时间：2005 年 2 月 25 日　星期五

地点：万寿路甲 11 号院 4 号楼 1101 室

参加人：裘企阳　吴威立　吴本立　戚惟懿　吴卫东　吴卫军　吴勤　吴文辉　陈纪翔　秘书杨雷芳

一、对父母的缅怀：母亲突破封建束缚投身革命，历经坎坷始终不渝。解放后从事艺术教育深受学生爱戴。父亲参加革命后，坚持全心全意为人民服务的信念，表里如一、始终如一。父亲在世时留下遗嘱，坚决要求在他去世之后把住房立即交还财政部，体现了他坚定的原则性。子孙们都表态要执行他的遗嘱。

二、遗产处理：

1. 住房：

全体一致同意执行父亲的遗愿，把 1101、1103 两套住房交公。但企阳提出因他受聘于金融协会做顾问，要求继续租借 1103 住房。其他与会的人（并征询本宁意见）一致认为，把住房交还财政部一事应严格执行父亲的遗嘱，否则会造成恶劣的社会影响，也损害父亲的声誉。考虑企阳的困难，建议把父母仅留下的 3 万元钱作为企阳临时租房的补贴，企阳应以大局为重在三个月内腾出 1103 单元住房，建议在 2005 年 6 月初把 1101、1103 两套住房一并交还财政部。

2. 现金：

威立报告了父亲的存款 30000 元加上抚恤金合计 51949 元。企阳报告了母亲身后留下 59631 元；共计 111580 元。

（1）给小杨 3 万元（杨雷芳）

（2）威立收回 1998 年为装修住房垫付的 4 万元，均分给没有社会医疗保险的菊英、芝荣（注：李菊英是吴本宁之妻，宋芝荣是吴本立之妻）每人 20000 元作为医药补贴。

（3）给企阳 3 万元用于他迁居后租赁住房的补贴。

(4) 余下1万余元用于父亲丧葬及交房时的善后费用。

2005年2月25日

吴威立在组织家庭成员研究做好执行父亲遗嘱的事中感到，执行父亲遗嘱，还需要财政部的帮助。他又给财政部时任部长助理王军，写了一份《交房申请》，请父亲的秘书，送到了财政部。

吴威立的交房申请

王军助理：

遵循我父亲的遗嘱，现已将万寿路西街甲1号院4号1101、1103两套住房清理完备交还部里。当初我曾对父亲说过买房子是国家的政策，希望他能考虑到我在外地的兄弟生活上比较困难劝他把房子买下，他没有同意。为了让他安心，经和兄弟们商量后我代他拟了遗嘱，并上报了财政部。

我父亲交房是个人的意愿，不是国家所提倡的事，因此也不要宣扬。我们兄弟都已买下了本单位分配的住房。代父亲上交这两套住房，是出于子女们对父亲的尊重，完成他的遗愿。

提个额外的要求，请房管部门收房后给我开一张收据，便于我通告外地的兄弟。

顺致 问候。

吴威立

2005年5月26日

这份《交房申请》送到王军部长助理手上，王军又一次被感动。几年前，吴老写给财政部领导两份遗嘱，他不仅看到过，也让他非常感动。他从吴威立写的《交房申请》的字里行间再次看出，吴老的高大和他家人的高尚。王军清楚，虽然这是吴老的私产，但他和家人都以极其认真的态度，坚持交公，只有按吴老遗嘱办，才是对老领导最大的尊敬。他批示道：

请金组长（中纪委驻财政部纪检组长金莲淑）、楼副部长（楼继伟）、金部长（金人庆）阅知，为尊重吴老和家属意愿，拟请服务中心照此办理。

(2005年) 5月27日

被吴老和他家人感动的，不仅仅是王军部长助理，还有财政部党组其他成员。金人庆部长显然也被深深感动了。他批示道：

吴老生前的事迹，请王军同志牵头组织有关同志抓紧整理，要进行宣传。

(2005年) 5月31日

王军接到金人庆部长的批示件，思考片刻，他感到吴老是财政部的光荣，也是财政人的骄傲，他的事迹将是照亮财政人心灵的光芒，他决意要认真抓一下宣传吴老的事。具体怎么做，他批示道：

请张通（财政部办公厅主任）及路明（廖路明，财政部办公厅副主任）同志阅。请将已作宣传的有关资料搜集整理；请同几位老同志特别是傅助理（傅芝邨，财政部原部长助理）商量一下，如何作好宣传；拟出一个下一步宣传计划，我们一起议一次。

(2005年) 5月31日

财政部办公厅主任张通和副主任廖路明，根据部领导批示，当即召集办公厅有关处室和《中国财经报》、《中国财政杂志》负责人，研究宣传吴波高尚情操的宣传报道计划。拿出宣传计划后，王军部长助理又与负责宣传的有关人员进行商议，确定了宣传方案。很快，《中国财经报》资深记者蔡劲松等，采访写出了数千字的长篇通讯。报道刊登后，吴老的一生追求“无产者”的崇高境界，感动了许多人，引起了财政部内外巨大反响。这是财政部第一次组织宣传吴老的事迹。随之，吴老的事迹在财政部内外传开，成了财政人心中的一座丰碑。

吴老“走”后，有人对吴威立说，按规定老人的房子你们也可以不交，而且这个黄金地段的房价涨到了好几万一平方米，两套房要出售，至少能卖近千万。面对这样的大利，吴威立和他的兄弟们没有动心。依照他爸爸的遗愿，在吴老去世三个月后，吴威立很快整理搬走了万寿路两套房的东西，把钥匙交给了财政部有关部门，并让出具了收条，实现了他爸爸交待的，“走”后房子交还国家，“我是一个无产者”的愿望。

第十五章　凡尘世俗里的“苦行僧”

生活不喜欢奢华，更不接受浪费，能简的尽量简，能省的尽量省，这是吴老的习惯。这些习惯已经不是简单的节俭，简直就是清苦，而且清苦的地步，用“苦行僧”来形容再确切不过了。他坚守清苦，他对自己的苛刻，过“苦行僧”生活，与他作为中央政府财政部部长，与他工资收入，是那么不协调，也让人产生许多不解。吴老是从小养成的简朴生活改不过来，还是穷怕了呢？都不是。吴波坚守清苦的后面，是那超凡脱俗的思想，恰恰是做一个真切的人的体现。他做真切的人，就是做生活无奢无华的人。

吴老的洗澡浴盆和洗澡水、洗菜水，是有故事的。吴老家有一个老式铁皮浴盆，四角有“腿儿”，盆沿还很高，又旧又笨，爬上爬下很不方便。这个浴盆用了几十年，早该淘汰换上陶瓷的，但他舍不得扔。舍不得扔，不是铁皮浴盆好用，铁皮浴盆一点也不好用，浴盆会生锈，且洗澡水凉得快。用铁皮浴盆的人，早换上了陶瓷浴盆，工作人员多次建议换成陶瓷的，而吴老怕花钱，也怕浪费，执意不换。

这个铁皮浴盆还有一点不好，洗澡时很滑。吴老年岁大了后，工作人员怕他摔倒，劝他换个浴盆。可吴老说，这浴盆没破，好好的，扔了太浪费了。他还是不肯更换。有一次，吴老在洗澡时，腿脚不灵便，在迈过盆沿时，不慎摔了一跤。工作人员借此说起换浴盆的事，可吴老仍不答应更换。只让维修人员在浴盆前加了一层砖头，抹了些水泥，在浴盆边的墙上安了一个扶手而已。吴老到了90多高龄，腿脚不灵活了，迈腿进浴盆时越来越吃力，只好给他“强行”换了一个陶瓷浴盆。

吴老用水好像用油一样珍贵。他家的洗澡水，除了洗浴之外，洗完澡后的水都要留在浴盆里，舍不得放走。留在浴盆里做什么？用来冲厕所。还有，洗完菜的水也不让倒掉，要用来浇花。他总说，北京缺水，要节约用水。有几次，因为天气太热，他留在浴盆的洗澡水，放到第二天有“味”了，有人把它放掉了，吴老发现后，问是谁把冲厕所的水放走了?! 别人给他说明原因，他还是批评了放走水的人，并嘱咐他，今后不许这样做，放走一浴盆水，多浪费啊。几次放走水，几次都挨了批评，后来谁也不敢放走洗澡水和洗菜水了。

吴老离休后，也不出去旅游。有时秘书劝他，天气好时，出去走走，晒晒太阳吧，有利于身体，况且别人都这么做，健身效果不错。吴老不听。他的理由有两个，说自己是个“懒人”，不爱动，另外不愿麻烦别人，说是给别人闹出那么大的“动静”，不合适。有几次，财政部的几个老部下，出于关心吴老，分别给他联系了名胜山水的地方，请他避暑和过冬。吴老谢绝了。他还是那句话，他是个“懒人”，实在不爱动，谢谢大家的好意，千万不要安排了，他不去。地方的同志听说吴老要来，都很热切，让驻京办的人员，去家里接，没想到他压根不愿出去。来接吴老的地方同志很热心，一心想把他接出去，而无论怎么做动员，吴老就是不出去。对此，吴老对秘书说，谁安排这样的游玩，都要谢绝了，“出去”一趟固然好，兴师动众，前呼后拥，吃住行玩，一路打扰，耽误别人的事不说，还要花掉公家那么多钱，这种事做不得。因而从他离休到去世，他多少次拒绝了各地的邀请，也拒绝了好心人的“安排”，所以，哪里也没去过。

在他身边工作的小杨说，在他照顾吴老的12年里，只见他出去过3次。一次是1997年春天去植物园，午饭都是自己花钱买的，不愿惊动当地政府部门；一次是参观北京大兴县西瓜节，身边工作人员“发动”他，等了好久，才答应去。好不容易劝他到了大兴，可吴老怎么也不愿意在当地政府部门吃饭。大兴区政府领导哪肯，一定要请吴老吃饭，吴老一直推脱，推脱了40多分钟。大兴的领导不知怎么办好。工作人员为了说服他，就说：“吴老，您不吃饭，大家还要吃啊，是不是?”吴老同意了，可是吃完饭后，他一定要付了账才安心离开。

吴老客厅里的一对破沙发，给多少人留下了难忘的记忆。财政部退休干部李慧中至今提起吴老，都忘不了他家客厅的那旧沙发，其感受是那么具体。1980 年 10 月份，任财政部预算司副司长的李慧中，同田纪云在中央党校学习，当时田纪云是四川省财政厅厅长，田纪云向李慧中提出，想去看望吴老。李慧中跟吴老秘书取得联系同意后，有一天，她陪田纪云去了北京西四大酱坊胡同吴老家。他们刚走到会客室，实际上是寝室的外屋，看到吴老穿着件黑色棉坎肩、脚穿布鞋从屋里走出来，热情地同他们握手，请他们就坐。她低头一看沙发，发现是一套又破又旧的沙发，仔细看，是一个用紫红色棉布做的沙发套，不知洗过多少次，颜色已经褪色不说，还开了两个大窟窿，窟窿上用不同颜色的新棉布补在沙发座位上，新旧两种颜色非常显眼。

李慧中坐在沙发上感到非常难受。心想，堂堂的中央财政部部长，整天工作忙忙碌碌，回到家就坐这么个破旧沙发，这个条件也太差了吧！后来她才知道，财政部主管行政的总务处，曾多次要给吴老换沙发，他就是不同意，说补补还可以坐嘛。这使她联想到，吴老在任时经常教育财政部干部，说国家财政困难，能不花的钱尽量不花，不能浪费国家一分钱，把钱花在刀刃上。他是身体力行啊。那是她第一次去吴老家，沙发的事让她永久难忘。

还是 20 世纪 50 年代，又是一个酷热的夏天，财政部机关还没有空调，也没有电风扇。本来去年夏天酷暑时节，财政部总务处的同志几次劝说吴老，给他办公室配台电风扇，他没同意。今年的天气仍很热，吴老汗流浃背地埋头办公，晚上很晚才下班。天太热了，总务处又提出给吴老配台电风扇，他又不同意。那时按规定只能给部长配备电风扇，别人（如秘书）也不能配电风扇。总务处坚持要配，他说，只有他部长热，别人就不热吗？他说什么也不要。后来总务处不听他的意见，强行给他办公室配了电风扇。吴老却自己掏钱，给秘书也买了电风扇。

吴老还有几件年代久远的物件，那是衣服。一件是睡衣，穿了几十年，越洗洞越多，上面补满了补丁，就是不让换。跟他在一起20多年的工作人员说，吴老几十年中，只穿过两套中山装，一套灰色，一套浅灰色，还有一件灰色的大衣。事实上，他就这两套衣服。他老伴常劝他，该添件新衣服了。吴老说，衣服够穿了，也没有太旧，不买了。在秘书们的印象中，要让吴老新添件衣服，除非衣服实在无法穿了，才买新的，衣服不破，他不会添新的。

部级干部按规定是配专车的，吴波坚持不给自己配。他坚持不配专车，有人认为他太“左”，了解吴老的人却不这样认为。吴老不要这样的待遇，跟“左”，跟假，沾不上边，他是出于节俭。他说，他几乎不参加吃请应酬，也不喜欢热闹，除了上班和正常公务活动，用车很少，配专车自己用的少，实际上别人用的多。一辆专车一年的开支是不小的数目，给公家增添了很大开支，没必要。

吴老的淡泊、朴素，是渗透在血液中的，谁也改变不了他，到什么地方也改变不了他。至今在陕西财政史料中，还在传颂吴老回延安的一段故事。那是1983年，陕西省人民政府决定拨款在米脂县修建“杜斌丞纪念馆”。吴波和原在延安工作过的几位老同志一起，乘一辆面包车来到米脂县，出席开馆仪式。事后，吴波一行路经延安，延安宾馆给吴波和老伴准备了一个里面是寝室、外间是会客室的套间。吴波知道后对接待他们的市领导说：“我离开延安快40年了，这次回延安就是回‘娘家’，我只是回来看看，没有工作任务，让我住套间，这明明把我当外人嘛。如果今天晚上把我当成客人住进套间，明天我就得离开这里，什么也看不成了，你们这样客气，把我当成客人，让我住这么好的地方，我怎么睡得着觉呢?”

一直到晚上8点多钟了，吴波老俩口仍坐在会客室里。后来，了解吴波为人的一位同志建议说，吴波是“老延安”，回家来看看，不是外人，既然要求住一个单间，就让他住单间吧，这样他就遂了他“回家”的心愿。后来宾馆领导把原来安排的套间换成了单间，吴波和老伴才高高兴兴地住了下来。

在延安吃农家饭，临返京时，桌上剩了两个煮玉米，吴老的老伴让用毛巾包好带上。到了西安，时任陕西财政厅厅长王家彦安排吴老用餐，老人家叮嘱要简单些，拿出包着的玉米，让热一下当餐吃。王家彦拿回去打开一看，因天气热，焐出馊味了，赶紧叫办公室的同志到郊区去找同样大小，同样颜色的两个玉米回来，煮给吴老吃了。

吴老吃完饭，还有一个很少人有的习惯，那就是凡是掉在桌上的饭粒，都要拣起来吃掉；吃完饭，如果碗上沾着饭，他会把碗舔干净，不在碗里留下米面。他的这个习惯，从年轻时养成，餐餐如此。吴老的这个习惯，秘书和家人都明白，他就是不愿浪费一粒粮食，因而他身边的人，都很注意餐桌上不浪费。厨师做菜，精打细算，能吃多少饭，做多少饭菜，绝不多做。饭菜一旦剩下，不倒掉，下顿吃掉，他家绝不会轻易扔剩菜剩饭。

吴老得病后期，有时记忆不太清楚，但“清规戒律”的弦却始终崩得很紧。有一次，他身边服务人员杨雷芳的爱人到医院看望吴老。吴老误以为是在外地出公差，就对小杨说：“我们在外出差是不允许带家属的。你既然带了，我也不能赶她回去。但她所有的开销，必须从我的工资里扣掉。”

吴老的“苦行僧”习惯，像细细春雨，滋润了更多人的心田。那时，吴老虽然离休了，可是从部领导到其他干部，都受到吴老“苦行僧”操守的影响。副部长刘仲藜调任国务院副秘书长，需安排吃顿饭为他送行。国务委员兼财政部部长王丙乾提议，部党组每人掏 20 元钱，在部招待所食堂吃了顿简单饭菜；有些司局长长年坚持骑自行车上下班；从中央到地方很多地方新建办公楼的情况下，财政部却一直在三里河老楼里。当时国务委员兼财政部部长王丙乾的办公室和会客室，也就两间房子，每间仅十多平方米大小。

第十六章　拒绝与给予是一个高度

在吴老的观念中，车是公家的，只能用在公事上，至于待遇、等级，在他观念里很淡薄。

吴老当了部长，照例可配备“红旗”轿车，可是他不讲这一套，他说：“车，只要能跑就行了。为什么职务一变，待遇也一定要变呢?”吴波平时坐的车，是辆机关用了很长时间的旧车，旧到经常修理。因为不上“档次”，到中南海开会，门卫常把他的车看作是工作人员的车，安排到别人的进完了再让他的车进，对此司机有情绪，而吴老却不以为然。这样的“看车待人”的多了，司机很难受，他对吴老说，堂堂财政部部长，就因为坐的车不上“档次”，就被安排在好车后面进门，这不公平！吴波说，为了排到前面进门，就换豪华车呀，早进晚进不一样吗?！司机听了吴老的话，心里还是不平衡，他便对财政部有关部门领导说了这个“看车待人”的现象，建议动员吴老还是换“红旗”轿车名副其实。服务部门领导再次做吴老工作，请他同意换“红旗”算了。吴老说，这车又不是不能坐，坐那么好的车，感觉也好不到哪里去，节省点钱吧。换车的事，再也没人敢提了。

吴老不讲究待遇，不升级坐豪华车，看上去是件简朴的事，实际上不讲待遇的后面，是真切的朴实做人意识，是真切的平等意识，也是真切的平民意识。

吴老长期养成一个习惯，即使因公外出开会，如果路程比较近，时间宽裕他也会步行，不用车。他对家里人要求也很严，从来不让家人使用公家的车。他告诉家人，家人没有享受公车的特权。儿子不准坐公车。老伴上班很远，上下班再远再累也坐公交车。一次，吴老去延安路过西安，一个孙女在西安外语学院读书，听说爷爷奶奶到了西安，十分想念，便跑来看望他们。回去时，吴老身边的工作人员想安排车送她回学校，两位老人坚决不同意。最后，老太太陪着孙女走了好远的路，目睹她上了公共汽车才返回。

对自己的家人这么“苛刻”，可是吴老对别人，对身边的工作人员却又十分体贴周到。他在人大财经委工作期间，遇到会议开得比较长，要在会议上吃饭时，也总要关照一下司机的吃饭问题。吴老不但在生活上关怀他们，对他们思想也非常关心。平时有时间，他也常和身边工作人员交流。一个曾经为吴老开车20年的司机师傅，就是在吴老的帮助和教育下，积极靠拢党组织，成为了一个党员领导干部。他还多次给负责行政后勤管理的领导说，要多帮助那些思想上要求上进的工作人员，多教育、多培养他们。

吴老的工资花得很特别。国家刚开始发行国库券时，没人买，吴老就动用自己的全部积蓄买了国库券。以后，他每月的工资都必须有一部分买国库券。有人问吴老，您的工资开支的地方很多，还要帮助有困难的人，本来就很紧张，为什么还去买国库券呢？吴老说，国家有困难，带头买一点，也算离休了还能作贡献。

“文革”后，中央发文规定，副部长级干部恢复每月保姆费补贴制度。文件送到吴老手里，吴老看后，没批示，先放了下来。秘书纳闷，吴老一般不压文件的，他为什么不在这份文件上签字？秘书后来才知道，他本人压根不想领这个钱。但他又犯难，自己不按规定执行，不享受这份待遇，又怕影响了其他部长领取，过了十多天才在文件上批了字，最后他还是同意领了。秘书把钱送给他时，他却吩咐把这个钱全部交党费。秘书理解吴老，也没有多说什么，把领到的保姆费如数交了党费。

1978年春天，吴波带着税务调查组来到江苏省无锡市。乡镇企业的发展壮大，是从这里起步的。乡镇企业改变了当时中国农村一元化的经济结构，促进了农村经济向多元化多层次的方向发展。财政部门对这个新生事物采取什么样的税收政策，是吴老这次调研的重点。

阳春三月的江南，已是桃红柳绿，莺飞草长。星期天，吴老提议去太湖看看，工作组的同志们都很高兴，认为这些天来，夜以继日地开座谈会、找人谈话、实地考察，实在太辛苦了，适当放松一下，缓口气，对完成调研任务，对年事已高的吴老身体健康，都是有好处的。

正要出发时，副省长、财政厅厅长和无锡市的书记、市长等都来了，要陪工作组同志游太湖。吴老一看这么多人陪着去，严肃地对大家说："我是第一次来无锡，所以想去太湖看看，你们是江苏人，太湖对你们来说不知去多少次了。今天是星期日，谁家没有一点大事小情，你们何必再陪我们去逛太湖呢？我的意见，今天你们一个人陪我们去，人多了我有意见，那样，是你们逼我在办公室里过这个星期天。"大家听了吴老这番话，同意了他的意见。那天，只有市长一人陪吴老和工作组的同志游览了太湖。

快到中午时，吴老提出要回招待所吃饭，市长解释说，太湖饭店已经准备好了，就在这里吃吧。吴老说，在这里吃，就吃便餐。走进太湖饭店，看到桌子上摆了好多菜，又犯了难，坐下吃吧影响不好；不吃吧这么多的人到哪里去吃饭呢？大家感觉到，吴老是在心里七上八下的情绪下勉强吃完了这顿饭。当时国务院规定出差人员每天3餐付粮票1斤，款1.5元，饭后他让秘书给饭店付了5斤粮票和50元钱。后来吴波谈起这件事时说："我付钱目的，就是不让饭店记我的账。"他对这种用公款招待吃喝不以为然，他认为作为一个财政部门的领导干部，要自觉遵守财经纪律，他不愿意在太湖饭店的账目上，留下有财政部领导在此吃喝的招待费用。

吴波在财政部任职期间，出差到江西、福建、上海路过安徽，从不下车。为什么不下车？吴波是安徽人，老家的人希望他多到家乡看看，可吴波总是去得很少，即使有到安徽出差的任务，他都让给其他的副部长，一方面是避免别人说他与安徽有什么私人关系，再就是尽量避开为家乡人办私事。有一次，他到江西、上海调研，安徽的同志不知从哪个渠道听说吴老要来南方，给他秘书联系，请吴老路过安徽，停留住一晚。吴老对秘书说，绝对不行。车过安徽一车站，停车的时候，安徽某政府部门的同志摸到了车上，送的水果不收，要请吴波下车吃顿饭再走，吴波热情而坚定地拒绝了。安徽的同志当时很不理解，吴老平时不回老家，路过家乡既不收送上车的水果，也不下车吃顿饭，太不近人情了。后来安徽的同志才知道，吴老不是无情，他有意回避老乡关系，刻意坚守清廉正派是他的底线，而尽量不打扰地方的同志，不闹出“动静”，也是他的简朴生活的坚守。他对老乡的回避，对亲朋的回避，对好处的回避，使得裙带关系、地域观念等等，在他身上连蛛丝马迹都找不到。

1980 年 4 月，吴波刚从财政部长位上退下来，组织安排他去安徽黄山疗养院疗养一段时间，夫人同行。安徽省委老干部办公室，得知吴老回老家的消息，立即做接待准备工作。吴老是安徽泾县人，青年时期在宣城读书，后从事革命工作，离开安徽已四五十年，从未回来过，安徽政府部门想好好安排一下吴老的此行，让吴老夫妇吃、住、行、玩舒适开心。

吴老夫妇抵达合肥后，只有秘书一人陪同，吴老不让安排豪华饭店，只好安排下榻到了普通宾馆。次日，安排吴老夫妇参观游览合肥的包公祠、逍遥津公园等名胜古迹后，晚上由分管老干部工作的省委书记严佑民代表省委请吴老夫妇吃晚饭。严书记知道吴波是个生活一贯简朴的人，安排宴请的菜肴都是安徽特色菜，比较可口而简单。可第二天，吴老的秘书找到财政厅办公室副主任裴玉川，交了 20 元钱，说是昨晚的晚餐钱。裴主任向领导请示，吴老执意要交饭钱，这事怎么办好？裴主任的领导说，绝不能收，要向吴老解释，这顿饭不是财政厅请的，是严书记代表张劲夫第一书记和省委请的。裴主任向吴老说明情况后，吴老仍坚持要他把钱收下，上交省里。无奈，裴主任只好收下，把 20 元餐费上交财务。

随即安排吴老上黄山事宜，吴老提出要求说，一不准财政厅派人陪同，二不准派小汽车，要买长途汽车票或坐火车再换汽车走。这两条，弄得接待人员很为难。接待人员着急了，不遵照吴老的意见不好，照办了又太不近人情，安全也没有保障，出了事怎么交待。

搞接待的领导出面几次劝说，吴老总算答应省财政厅里派一部面包车去黄山，但吴老又交待，厅长、处长不许陪同。没办法，他们只好安排预算处一名同志假装去徽州地区财政局出差，随车前往。这样，才算成行前往黄山疗养院。

从合肥到黄山的路上，吴波同司机闲聊，他问司机，现在的汽油多少钱一公升，合肥到黄山多少公里路？司机告诉了他价格和公里数。司机和随从秘书胡华庭以为吴老是随便问问，没想到黄山后，吴老向胡华庭交待：他算了一下，从合肥到黄山，油车费消耗得一百元钱，你从我工资中拿出一百元作油费交给安徽省有关同志，办不好这件事，你就别回北京！胡秘书将吴老夫妇安顿后，回京途经合肥时，遵照吴老交待把一百元油费交给了省办公厅。省办公厅的同志做不了主，请示领导怎么办，办公厅领导只好交待下面，不收吴老会不高兴，那就收下吧。回到北京的胡秘书，没有及时告诉吴老交费的事，而吴老却记着此事。他顺便让人给胡秘书带了条子，问胡秘书汽车费交了没有？胡秘书立即向他汇报，告诉他已交了。

吴老在黄山疗养院期间，叮嘱有关人员，不许省财政厅和地区财政局派人看望，黄山管理局吕秋山局长给他送了一篮水果，他都谢绝收下。因吴老回京不再从合肥走，张劲夫从北京开会回合肥后，去黄山休息，顺便探望吴老。张劲夫私人掏钱请吴老夫妇吃一顿晚餐。一个月左右，吴老夫妇要结束疗养，先到芜湖再到宣城故乡看一下。黄山管理局吕局长要派车送吴老到芜湖，吴老又不同意，他提出坐长途汽车去，接待的同志只好让他乘长途汽车去芜湖。到芜湖，吴老又提出，不准安排高级宾馆，只好安排他住在芜湖普通宾馆。从芜湖到吴老老家宣城，还有很长一段路，需要坐车。吴老提出，不准芜湖市委派车送他去宣城，乘火车去，只好安排吴老夫妇坐火车。到了吴老老家宣城，吴老又提出要求，也不准安排高档饭店，住一般旅馆，不准层层人员陪同，更不要领导陪同，只有一名工作人员陪同就行。芜湖和宣城的领导只好遵照吴老的意见办事，接待简单，吃饭简单，住也简朴。吴老的简单、简朴，让地方的同志虽然不适应，一时难以接受，但感到接待吴老省心、省力，也让人温馨和感动。

张劲夫在同人谈到这件事时，感慨地说，我们的干部都能像吴老这样公私分明，何愁党风不正，何愁执政能力不强！

吴老自己省吃俭用，从不浪费一分钱。但只要知道哪里有需要资助的地方，就叫秘书去汇款。其实，吴老并不富裕。有一次吴老在书店看到了一部二十四史，很想买下来，但当时家里的钱不够，他自嘲地说真是一文钱难倒了英雄汉。后来过了好长时间，才把钱攒够了买了回来。后来，吴老把看完的二十四史，捐到了延安图书馆。吴老攒钱买书，他却替同院的司机老蔡家交了几十年的水、电、房费。吴老舍不得给自己花钱，却从不占公家一分钱便宜。吴老晚年耳朵不好，他儿子从外地退休回来后，给吴老花 1 万多块钱配一副助听器。秘书知道后要求拿到部里申请报销，吴老和儿子都坚决不让。

吴老平时很少批评人，但因为一个筛子问题却批评了李克柱。李克柱是解放初期财政部办公厅工作人员，吴老住的是平房，有一个取暖锅炉。一天，吴老见到没有烧尽的煤渣，便叫人买个筛子，以便将筛下的煤渣再次利用。李克柱没有去买，而从部机关拿来个筛子。吴老知道后把李克柱批评了一顿："我还买不起个筛子，不要占公家便宜！"

在物资短缺时期，部里行政司为了给各司局搞点福利，经常分些比市场便宜的物品。每逢秘书给吴老送物品的时候，吴老就问："这东西是哪儿来的？为什么这么便宜？"于是坚决按市场价格交钱。秘书收到多交的钱，又无处去交，很是为难。机关的同志知道吴老拒绝"福利"这样的东西，但难免有地方的领导给国家机关提供点紧俏和便宜物品，每当给吴老分配福利，有关人员很为难，给秘书做通工作，瞒着吴老，把东西送到他家，而家人却要问个究竟，不清楚的东西又不收。几次，找个理由送到了吴老家，吴老看到后，总要问个明白，秘书如实告诉，吴老就按市场价，让秘书把钱付了。每次送给吴老的“福利”，都要付钱，行政司感到吴老反对搞此类特殊的“福利”，也渐渐减少了给干部搞“福利”的次数。而那个时期，其他单位都给机关干部搞“福利”，有的还很频繁，吃喝用等物品应有尽有。不给机关干部搞“福利”，大家会有意见，行政司很为难。有一年过春节前，一些物品供应紧张，市场上很难买到，其他单位都给大家搞了“福利”，行政司就办了一批“福利”，机关每人一份。当秘书悄悄地把物品送到吴老家，而吴老还是发现了，他问秘书，物品是哪里来的？秘书说，每人一份年货，是福利。吴老照例让秘书按市场价算了账，从他工资中拿出这份“福利”钱，让交给行政司。这个钱，行政司没法入账，只好又交吴老的秘书“想办法”，吴老的秘书很为难，就把这个钱给了吴老做饭的鞠奶奶，让她买菜用，并告诉鞠奶奶，千万不要告诉吴老。后来，秘书每当听说机关发福利，都很头痛，总是躲着不去领。

作为中央财政部长的吴波，没有出过国。他不是没有出国的机会，机会很多，却让给了别人。1980 年组织曾安排他去美国访问，那时出一次国是很难得的事，时逢他准备要辞去财政部长职务，他说自己不工作了，还是让要接任财政部长的王丙乾去吧！虽然众人一再劝说，他还是把发给他的服装费退了，没有去。后来他在全国人大财经委员会工作期间，又有一次人大组团出国考察，有他。吴老对有关人员说，他年龄大了，耳朵听力不好，眼患白内障，出去也听不到看不到什么，就让别人去吧。在他看来，自己年龄大，把机会让给别人，是实实在在的想法，而更主要的是，出国费用太高，国家不富裕，他舍不得花这笔钱，以致他一辈子都没有出过国。

吴老躲着“一窝蜂”出国等“凑热闹”的事情，是舍不得花公家的钱，而实际上他自己也在收敛“享受”的事情，不喝酒，不抽烟，躲避所有的折腾钱和折腾别人的享乐，日常除了工作还是工作。

而吴老不是没有嗜好，他的嗜好却很高雅，那是国粹京剧。他平时喜欢听，也喜欢唱，还几次登台表演过呢。吴老说，对京剧的爱好，受益大了，不仅能修身养性，还会让人心胸坦荡。事实上，吴老从喜爱的京剧里，悟到了许多人生的道理。

吴老自己生活非常简朴，却经常给有困难的老战士、贫困人捐款，也多次给希望工程捐款。20世纪50年代初，吴波的老伴不在北京，每月发工资，吴老就请秘书帮他管钱。他的几任秘书都有一份记录了他要接济困难同志和亲朋的名单，秘书按吴老寄钱的名单地址逐个把钱寄出去。吴老的秘书曾和他住在一个院子里。秘书的房租水电费都是吴老从他工资中支付。

直到他离休后，家乡的人有困难，只要给吴老写信，他就会从自己的工资中拿出一部分寄出去。几十年来，吴老很多次都给别人捐钱。他不愿给孩子们留下什么遗产。有一次，吴老让秘书给一个有困难的老战士寄钱，寄的数额不小，占了他一月工资的一半，秘书寄完钱，同吴老闲聊，聊到了存款的事上。秘书问吴老，别人都给孩子们存钱的，您总要给孩子们存点钱啊，将来他们有困难，也好宽松一点。吴老说，他在延安时就确立了一生不留财产的愿望，不给孩子们留存款，不留遗产，这个不会变；孩子们有他们的能力和生活，他们靠劳动能养活自己。

吴老有个司机家在农村，困难时期他回了老家。有一天，他到财政部来找吴老。吴老当即接见，在他的办公室里待了一个小时。那人走后，吴老拿了个条子叮嘱秘书，给他寄去100元钱。他来北京是由于生活困难，请求帮助。后来听说，那位司机的老婆得知100元钱是丈夫向吴部长要的，她责怪丈夫，说他脸皮比城墙厚，怎想出来伸手向吴部长要钱！丈夫说，走投无路了才伸手；向谁要会给你？思来想去，只有吴部长会给……虽然他妻子责怪他，但他拿着吴老寄给他的100元钱，泪流满面，他不知道怎么感激吴老才好。他用这钱，应了急，给孩子看好了病。事后他说，吴老寄给他的钱，救了他孩子的命，是真正的救命钱。

吴老接济、帮助有困难的人，自己却过得很节俭。20世纪50年代有一年过春节，秘书送回家的工资就只剩下了6元钱。吴老的工资到哪里去了？帮助了有困难的人。工资常常绝大部分帮了别人，他的生活过得往往很紧张，水果基本吃不上，穿戴更不讲究了。

吴老平日着装朴素，不讲究穿戴，从部长办公室走出来，谁也看不出他是官。在家，他在别人的眼里，就是个平常老人。在北京西四住平房的时候，需要一位烧锅炉的师傅，房管处在河北请了一位姓宋的老同志来工作。吴老对他也很好，在吴老家工作了3年多，后来他老家有事走了。有一次老宋来到北京办事顺便来看望吴老，吴老很高兴，中午留下老宋在家里吃饭。老宋先是不肯，后经吴老热情挽留，老宋还是留下来了。吃饭的时候吴老让老宋坐到自己旁边。当时老宋不敢坐，吴老说没关系，坐吧！我们都是平等的。老宋说，太让他感动了，真没想到他一个农村来城里打工的老头，部长也不嫌弃他不干净，让他在家里吃饭，还让他坐在身边。这件事对吴老来说是很平常的小事，可感动了老宋一辈子。

吴老的家里摆设极其简单，没有什么特别的家具，甚至家里连台照相机也拿不出来。有一次，有人前去家中看望吴老，想与吴波老俩口合影，吴老欣然答应。可是，谁曾想到领导的家中居然没有照相机，他们不得不返回，拿上相机，吴老也并没有因为觉得麻烦而拒绝他们，最终留下了一张难得的合影。

吴老从不愿麻烦别人，就连理发也是如此。年岁大了，他也要上单位理发室来理发。秘书要让理发师来家里。可吴老不答应。他说理发师不是为他一人服务的，是为大家服务的。大家也拿他没办法。后来有一次，他来财政部理发，几个部领导知道后，专门停下会来看望他。吴老觉得耽误了他们的工作，这才在秘书的“鼓动”下，同意让人来家里给他理发。

1986年，吴波80大寿。当时国务委员兼财政部长王丙乾，怀着对吴老的敬仰与热爱，想给吴老祝寿，让他高兴高兴。他建议由他和几位副部长每人拿几十元，凑份子给吴老过生日，祝寿。王丙乾亲自和吴老商量，吴老却坚决不同意，他说："这样吧，再过10年等到90岁时再说吧！"吴老这个主意一拿定，谁说都不行。到生日那一天，他怕大家还是要给他祝寿，早早就让老蔡开车到西郊去了。在公园里躲了大半天。

吴老不让老部下、老朋友给他祝寿，不是不欢迎他们来家做客，他实在是不愿意让大家破费钱财，浪费时间，更主要的是他不喜欢形成"请客"、"祝寿"这样一种风气。他早已树立做无产者的观念，在他看来，生活过得清清淡淡，同事来往朴素简单，才是"真"，这些"热闹"和礼节，都是多余的。

吴老离休后，财政部领导很关心吴老的生活，经常去看他，问他需要什么，或者提出给他改善生活条件的建议，他每次都拒绝了。王丙乾逢年过节去看望吴老，吴老总是那么和蔼，拉着他的手说："人老了，什么事也不干，光吃不做，还给你们添麻烦。"那时他耳朵开始有点背，心静如水，只在家里看书读报，很少出门。王丙乾知道，他是不愿意麻烦人。

他那"人老了，什么事也不干，光吃不做，还给你们添麻烦"的话，吴老不仅对财政部领导说，还经常给秘书说。了解吴老的秘书知道，这不是吴老的客气话，而是表达他满足和感恩情怀的话。吴老是位知足，也是位富有感恩心的人。

第十七章　财政部长拒礼是习惯

接触过吴波的人，没人不知道吴波和他的家人都是不收礼的，且不收礼是他铁的规矩，谁也不得破。无论是到吴波办公室谈事的，拜访的人，是朋友还是生人，见他都是“两手空空”，没有提礼品的人，连乡下的土特产也不例外，这是吴波长期以来“铁规矩”形成的习惯。他的十几任秘书，没见过谁给吴波送什么礼品，他家的工作人员，也没见过谁往吴波家里送礼品的，更没见过吴波从外面提过什么礼品回家。只要是送到吴波家的东西，那一定是机关干部人人享有的微薄福利，他也是自己掏过腰包的。在别人看来，礼品，好像跟吴波内心压根无缘。吴波是以周总理为榜样，他常说，做领导工作己不正何以正人！他是把收不收礼品，作为一个原则问题来看待的。

这是吴波走向一个彻底“无产者”的坚定操守，帮助他实现这个操守的，离不开有一个人的遵守与坚持。乃至吴波的事业中，离不开这个人对他的支持和帮助。她陪伴他度过了延安艰苦与火热的年代，她陪他从延安来到了北京，她陪他度过了为共和国建功立业的数十年岁月，她陪他走过了晚年的金色时光。这个人就是文艺界老干部邸力。

邸力生于1914年，内蒙古阿拉善左旗人。她曾是富家闺秀，接受进步思想，摈弃地主家庭桎梏和封建买卖婚姻的枷锁，于1932年在北京参加“反帝大同盟剧联”，投入到浩浩荡荡的革命洪流中，并加入了中国共产党。

在白色恐怖中，她在北京地下党领导下搞“学运”工作，在天津、上海等地为党组织做“交通员”，后与丈夫到“共产党地下机关”工作。1934年底，因机关被叛徒告密破坏，她与丈夫双双被捕入狱。邸力出狱后，参加了“上海救亡演剧一队”北上，1938年4月到延安鲁艺戏剧系，随后到晋察冀剧社、华北联大文工团等处工作。

吴波那时是单身汉，邸力在丈夫去世后也是单身，他们经过一段时间相处，成立了新的家庭。吴波和邸力约定，要勤奋工作，把自己一切交给党，交给中华民族解放事业。他们在延安战斗岁月里，吴波做财政经济工作，邸力做战地文艺工作。两个人偶尔相见，都是互相鼓励。

邸力活跃在晋察冀根据地的舞台上。她参加新秧歌与革命戏剧的演出活动，在歌剧《白毛女》的首演中成功饰演了善良、纯朴的王大婶，随后又参加了《周子山》、《粮食》等剧的演出，开创了中国革命戏剧的新纪元，迎接新中国的诞生。

吴波也出色地工作着。他们终于迎来了新中国的解放。来到了北京，吴波被安排到财政部，邸力被安排在北京电影制片厂。

吴波给秘书也作了严格规定，无论是什么人、什么情况下，无论是什么礼品，是送到单位的还是送到家里的，一律不得收受。吴波身边工作人员明白，他的要求，不是说说而已，那是谁也不许违犯的铁的纪律。

这条铁的纪律自从吴波到延安时就有了，到财政部更是成了他和家人不可逾越的防线。这样的清规戒律时间一长，基层的、部委的，无不知道吴部长的“规矩”，因而无论是找他谈工作、办事，都不准带着礼品来。他时时要求秘书和司机等身边工作人员严格遵守拒礼规矩，并要求他们做送礼人的“挡箭牌”。自己不收，绝不让家人和工作人员收，渐渐没人给吴波送礼了。吴波先后使用 11 位秘书，近十位司机等工作人员，没有一人破这个铁的纪律。

日常最让来人难办的事，是吴波在单位不收礼品，而提到吴家什么东西，出门还得从吴家提回来。不管是什么理由，也不管是谁，什么礼品都送不进吴波的家门。送礼一律不收。因为吴老和老伴认为，不收礼是常识，也是自然习惯。

有一次，地方一位新上任的财政厅长到财政部汇报工作，给吴波捎了几箱苹果。这位厅长听说吴波拒礼，但他压根也想不到连土特产品也拒收。苹果拉到了财政部门口，秘书坚决不收，他感到很没“面子”，他同吴波谈完工作后，有点央求的口气请吴老发话，让秘书把几箱苹果收下。吴老说，你们提出省里几个项目经费的困难，有理有据，一定解决；但他有谁也不能破的规矩——苹果一箱也不能收。厅长几乎发急地对吴波说，苹果已经拉到部门口，况且是几千里地上运来的，您总不能让再运回去吧?！吴老说，对不起啊，不收礼的规矩破不得呀。这位厅长没办法，只好让工作人员把送不进财政部的苹果，送给了在京退休的老红军。从这以后，这位厅长凡来拜访吴老，再也不带东西了。

吴波下基层，吃住行一律从简，不要多余的人陪，不住豪华间，不吃高级宴席，不坐高级专车，与大家坐面包车，时间一长，地方和基层同志都以他的要求安排，该简朴的一切简朴。可有一件事，地方和基层的同志一直有点犯难，临走给部长一行带点啥礼品好呢?而吴老向秘书有明确交待，不准收地方和基层同志送的任何礼品，土特产也不行！这样，每到一地，他的秘书都要给各级领导提出这样的要求。而中国是个人情社会，地方和基层的同志哪能听得进去，感到吴老和财政部的同志好不容易来一趟，给带点地方的土特产，不算过分。于是，许多次回京上车前，地方的同志执意给他和工作人员带上礼品，吴老当即拦下，还常常让地方的同志下不了台。有许多次，地方的同志趁他和秘书不注意，给他带上了礼品或土特产，他知道后只好把礼品或土特产收下，同秘书的礼品一道，按价格让秘书把钱转交给地方的同志。

财政系统和熟悉吴波的人，很早就知道吴老拒礼，而且不管是值钱或不值钱的东西，他是一律不收。许多人感到，空着手进部长办公室，说得过去，而空着手去部长家，情面难为。于是，有些来人虽然不提贵重礼品，心想提点土特产总不会让提回来吧？在吴老家，提什么大都是怎么提进家的，出门时再怎么提走。实在拒不掉的，也不是什么值钱的水果，死活让客人再提走，有点不近人情，吴老和邸力就按市场价格，付了钱才收下。不管吴老在不在家，上门的礼，邸力什么也不收。有一次，有位吴老的老部下子女，提着贵重水果来看吴老，吴老夫妇都不在家。他们知道吴老从来不收礼品，就想法儿打听到吴老夫妇不在家时候，到吴老家，把水果放在家里就要走。吴老家做饭的大妈，死活让他们把礼品带走，他们怎么也不拿。大妈拗不过他们，问了他们的姓名，只好把礼品暂时收下了。吴老夫妇回来，听说了此事，也问清楚了送礼品的是谁，便让秘书把礼品给老部下的子女还了回去。像这样不收礼、退礼的事情多了，上门的人知道提礼品是自找麻烦，谁再来吴老家也不敢提东西了。

吴波不接受豪华宴请，不光是出差到地方，就是在北京，他一律拒绝。地方领导每当到北京办事，希望请吴老吃顿饭，吴老一般安排办公室谈事，到吃饭的时间，留他们吃机关食堂的饭。地方的同志实在要请，又推脱不掉，他若要参加，必定不让上海参、鲍鱼、鱼翅、龙虾等高档菜，更不喝高档酒，还要嘱咐一番，“简单点，千万别浪费啊！”有时，他参加宴请时虽然提出了要求，但请客的领导还是上了高档菜肴，不好让人家在饭桌上下不了台，他不吃，但让秘书从自己工资里把自己那份菜钱付了。这样时间一长，机关和地方的同志都对吴老的清规戒律不敢马虎，请吴老吃饭必定是简简单单的。简单吃饭，虽然请客的人，还有陪客的人不习惯，甚至还吃不好，可吴老却很高兴。当部长，理应有部长的小灶待遇，而吴老却自带碗筷，同机关同志一起排队，在机关食堂打饭吃。有一次，财政部总务处的同志问吴老，您年龄大了，食堂的饭菜有时做得粗糙，也不合胃口，给您单独做点吧？吴老说，跟大家一样吃吧，跟大家一起吃饭还能经常见面，也能说说话，这样亲切。

吴老拒绝宴请、礼品，也影响着老伴。邸力也坚守清廉与朴素、平静，从而也使她内心走向更高贵，也使她的艺术修养步入了新的辉煌和高度。从20世纪50年代初期调到北影演员科任演员，邸力参加了影片《吕梁英雄》、《新儿女英雄传》、《结婚》、《女儿亲事》、

《祝福》等大量影片的拍摄。又先后在影片《林家铺子》、《少年彭德怀》、《老乡》、《人鬼情》中担任角色，她以丰富的生活底蕴和精湛的表演技巧，为观众留下了难忘的银幕、银屏形象。她先后获得过全国三八红旗手、电影表演创作奖、电影教育“金烛奖”等荣誉。

1955 年她被调到北京电影学院表演系任教，她不以部长夫人自居，也不以延安走出的老革命自居，以朴素、平静的心，不以官欲、物欲、钱欲动心，潜心教学，为国家培养了一批又一批演艺人才。

“文革”10 年，她因被江青点了名，划入了文艺黑线，成为专政对象，立专案审查，使其身心受到严重摧残。而她坚毅地挺着，打倒“四人帮”后，仍从事艺术事业。

无数次重大的政治坎坷与生活磨难，没有使她失去对信仰的追求，她努力为国家做事，也坚守做一个好党员。从 50 年代始，直到她退休，她长期从自己工资中拿出一部分钱，援助系里生活困难的教师。1984 年离休后，她又把自己长期积存的仅有的一万元存款捐赠表演系建立“电影表演教育奖励基金”，并把几百册业务存书赠送系资料室供教学使用。

邸力在家也拒收礼品，吴波在“外面”拒收礼品。这样，吴老家就没有任何礼品进门，身边人员难免也有一些微词。吴波说，别人怎么做，我们管不了，我们还是管好自己，管好自己家人吧。邸力理解尊重吴波的坚守，她也不被社会的“人情风”、“送礼风”、“送礼不怪风”影响，同吴波一样，拒绝任何非亲的人送礼。

谈到邸力妈妈，吴威立说，在家庭拒收礼上，邸力妈妈替爸爸守住了“后院”。没有邸力妈妈清廉、坚守，爸爸要做到拒礼是很难的。

吴威立对邸力妈妈的评价，是赞美。事实确是如此，没有邸力的拒礼，就不可能有吴波的彻底清廉。而要做到拒收礼品，是要有坚强意志的，尤其做到对本来买不起、稀有珍贵和很喜欢的礼品拒收，那是很难的。身边的秘书和工作人员感受最深，有些客人送来市场上少有的水果，很新鲜，有钱也买不到，谁看到不想吃？要不收，几乎有种忍痛割爱的感觉。如果收下了，全家人有了口福，连秘书和工作人员也沾光，能吃上“新鲜”，可吴老和郧力却面对什么样好东西都拒之门外，毫不可惜，也毫不留情面。

第十八章　一生都做普通人

一

就像巍峨的高楼大厦是用一粒粒沙石凝聚起来的，人一生的高大也是用一时一天的一行一言形成的。所以，高大、高贵、高尚，来自渺小的普通，高大、高尚，离不开普通。而偶尔做高尚的人容易，偶尔做一次普通人可以，要做永远高尚的人，一生做普通人，就很难。吴波高尚情怀的形成，来自他一生都做普通人的品格。

吴波一直把自己看作普通人，即使当了共和国财政部长，常做普通人的琐碎事情。那些琐碎小事，看上去很小，但又不容易做到，吴老却做得格外仔细而不厌烦，这让人不但肃然起敬，还让人回味无穷。

抗日战争时期，吴波任"晋察冀边区"财政部长兼边区司令部供需部部长，掌管军政财务重权，他应该享有一定待遇，可他压根也没把它当回事。一天，他外出开会回来晚了，食堂管理员给他煮了一碗挂面。他问管理员，今天大家吃的什么饭？管理员告诉他，小米饭。吴波说："既然大家吃小米饭，我也吃小米饭。请你把这碗挂面送给病号吃吧！"看着管理员把挂面送给病号去的背影，他到厨房用开水泡了一碗小米饭，有滋有味地吃起来。还有一次，吴波因长期加班劳累，有些消瘦，食堂管理员给他单独加了盘菜，烧了个鸡蛋汤，端到了他房子里。吴波问食堂管理员是怎么回事，食堂管理员说是怕他累坏了身体，是给他加的汤菜。吴波不高兴地说，辛苦的人不光是他一个，你都给他们加菜了吗？还是把这菜和汤送给病号吃吧。食堂管理员又只好把菜和汤送给了病号。从这两次以后，食堂管理员再也不敢给吴波做特殊饭菜了。

吴波任"晋察冀边区"财政部长兼边区司令部供需部部长，以当时的行政职务，出行可以有"坐骑"，边区政府给他配备了一匹马和一名马夫。可是他很少用，却让最有用的人使用。他在行军中，从来不骑马，都是和战士一起甩开双脚走路。配给他的那匹马，不是让行动困难的病号骑，就是驮战士的行李。经常不用，马对他很生疏。每当他有急事骑马时，马总给他撂蹄子，有几次把他从马上甩了下来，要不是马夫牵得紧，那会摔得不轻。马夫对吴波说，马要常骑，它才对人亲近，看来你得多骑它才好。吴波还是把马送给急需的人用，在他看来，官兵之间的区别，只有承担责任的轻重不同，在生活上首长和战士都应当是平等的。

吴波没有讲究待遇、官级的习惯，这种习惯从延安带到了北京。1949 年，吴波从华北人民政府财政部副部长，调任中央政府财政部办公厅主任、副部长、常务副部长和部长。按规定，给他配备了专车，车库就在住宅外院，司机也住在车库旁边，司机随叫随到，用车十分方便，而吴波私事绝对不用公车。星期天偶到医院看病号，或去老同事家串门，只要是与公务无关的事情，就挤公共汽车。

20 世纪 50 年代三年困难时期，粮食紧缺，物资匮乏，全国出现饥荒。国家照顾高级领导干部，给他们发了“供应卡”。凭“供应卡”可以买一点紧缺食品等。吴老不要特殊照顾，把发给他的“供应卡”锁在柜子里，偶尔用一次，也是来了重要客人，自己很少用。社会供应短缺，他要家人同城市普通人一样排队买菜买粮。随着供应越来越紧张，他吃得越来越差。有几次，排队也买不上肉，接连好些日子都吃素。做饭的大妈怕这样下去吴老身体缺营养，就朝吴老要供应卡，去买点“特供”的东西。吴老说，老百姓都买不上肉，都在饿肚子，我们能吃上饭，就很好了。无论别人怎么要，他也一次没有拿出供应卡去让买“特供”食品。

1960 年，人民银行出了人民币被骗等几件大事，急需要加强银行领导班子。周恩来总理要吴波去银行主持工作。吴波对银行工作不熟悉，问题又庞杂，昼夜加班工作，他来时又没有从财政部带人，生活上无人照管，天天去吃饭又晚，冷菜冷饭和饥饿引起了浮肿。秘书发现后，对吴老说：“你夜以继日地工作，年纪又大，应该加强些营养，否则您身体会垮的。”自己身上浮肿，吴老心里很清楚，他却说：“现在国家有困难，大家都有困难，作为领导干部，只有同大家同甘共苦，才能不脱离群众。”

不了解吴老的人，以为吴老忍饥挨饿是跟自己过不去，是太左。而了解吴波的人知道，吴波省吃俭用，不搞特殊，是看到老百姓都在挨饿，吃苦要与大家一起吃，自己不能搞特殊。这是一种寻常人不可理解，也不可能做到的自觉情怀。国家困难，百姓吃得很差，他也吃得很差；百姓挨饿，他也随着挨饿；百姓浮肿，他也自然会浮肿。人们看着严重饥饿与缺营养浮肿的吴老，怕他哪天顶不住倒下。有人心疼地怪怨吴老，您是堂堂的中央政府财政部长，您都饿成了浮肿，这不是给我们国家丢脸面吗？吴老说，大家都在挨饿，他怎么好意思比别人多吃一口呢！

不管是在多么艰苦的环境下，吴老也真正把自己当作普通人。1959 年夏天，吴老到北京郊区卢沟桥公社参加劳动一个月，劳动很苦，生活条件也差，他不告诉别人自己身份，也不提生活上任何要求，和社员过着完全一样的生活。社员们知道他是干部，但不知道他是多大的官，只是看他每天同社员干一样的活，吃一样的饭，社员们都亲切地叫他“ 吴老头儿”。这吴老头儿吃着粗饭，干着重活，却同大家干得乐呵呵的，到了劳动结束，谁也不知道他是干什么的。过后，大家才知道了他是财政部长，有人说，感到一股暖烘烘的东西窜上了心头。老百姓心头暖烘烘的东西，是崇敬，是爱戴。

1965 年 2 月，河北抚宁“四清”结束后，吴波带队转到昌黎县十里铺大队“四清”。这里土地贫瘠缺水，主产白薯和葡萄。工作队住在农民家里，一天三顿白薯吃得个个胃酸，白天劳动，晚上开会，很是辛苦。一些住户把白薯磨成粉加工成食品，也没解决每顿以白薯为粮的问题。负责同志知道后，按规定标准供应粗、细粮，让工作队单独开伙。伙房设在生产队的一间小屋里，只能容纳炊事工作，多一张吃饭的桌子也放不下。当时已是盛夏，大家在屋外排队、从窗口打饭在院里吃。吴波年龄最大，每次打饭都从队尾排起，大家习以为常。有时太阳毒，大家让他先打饭，他仍坚持排队："不用，一会儿就到了。"

那时，吴波住在农民家里，他成了农民的朋友。他抽空干些轻活，经常到群众家里去，不论是大队或生产队的干部还是一般农民，都愿意跟他聊。有些农民看吴老实在，说话给他掏心窝子，就连小孩也能跟他说上话，吴老从而掌握了村里不少真实情况。在"清经济"、"清政治"运动的过程中，他对犯错误的干部有了正确的认识，从而定性实事求是，处理得当。这样实打实的作法，不仅在由中央机关、地、县干部组成的工作组中享有很高威望，而且深得当地老百姓欢心。工作组撤走时，不少农民到村外送行。十里铺大队的村民感激吴老的平民般的亲近和正派、正直的作风，想表达他们的感谢心意，想不出什么好送的，正值葡萄刚成熟，就给吴老摘来几筐葡萄。吴老执意不收，送还老百姓，又被送了回来，几经辗转退不掉，他便付款买下。正值中秋节快到了，他把葡萄分发给每个司局一点，当作对大家的犒劳品了。

1976年，离开财政部长岗位10年的吴波恢复了工作。当时，全国财政收入情况极为困难，连正常开支也难以为继。地方财政的状况如何，吴波想尽快知道，他决意作次调查研究。调研的第一站是山东省。山东省财政厅的一些处长听说过吴波部长的事迹，感到和吴老一起下乡工作，是个难得的学习机会，请求同部长一道调研。第二天早饭后，吴波走出财政厅大门，发现5部小轿车一字排在那里，几位处长也排队在车旁等候。吴波一看这个情况二话没说，转身回到了财政厅办公室，严肃地对财政厅领导说："你们派这么多人下去，厅里的工作还做不做？因为我十来年不工作了，这次出来带了各司局的8个同志，已经是够多的了，你们再下去这么多人，会影响厅里的日常工作。我的意见，厅里只去一个人就可以了，汽车，去辆面包车就行了，小车一辆也不要去。"财政厅领导反复向吴老解释，提出大家随同他调研学习的渴望要求，吴老还是不同意。快到10点了，工作组还没有出发，一直坐在办公室里。后来财政厅领导商议说："吴部长一向对自己要求严格，他说怎么办就怎么办吧，不然他是不会下去的。"最后吴波和厅长同乘一部面包车出发，开始了对山东省地方财政情况的调研工作。

一星期后，吴波一行乘火车到泰安。晚上8点钟，交际处派3辆汽车到火车站去迎接，接待人员让吴波乘坐红旗牌轿车，吴波婉言谢绝。他硬是和大家一起，挤在一辆北京202吉普车里，而象征职务等级的红旗牌轿车放空跑回交际处。事后有人问吴老，让红旗车放空跑个来回不是浪费吗？吴老解释说："如果我坐了红旗车，我在泰安调研几天，红旗车就会跟我几天。那样，其他的客人谁也坐不成，红旗车成了我的专车，就会造成更大更多的浪费。"

吴老没有等级观念，在部机关里也同样。吴老当部领导那些年，每天中午在财政部食堂吃饭时，都可以看到吴老与大家一道排队买饭。按说，部长、司机、病号、机要员、值班人员和有急事外出的人，都可以由厨师直接打饭，不必排队。而吴老却坚持与大家一起排队，从不享受特殊待遇。吴老中午吃饭时，经常去找相关的人员谈话，与他们坐在一张饭桌上吃饭，边吃饭边了解工作情况。当时无论是司局长、处长还是一般干部，只要有问题时，大家都会利用吃饭时间跟吴老聊上几句。他连吃饭的时间都利用起来搞深入群众、调查研究了。

吴波随身带一个铁壳的眼镜盒，表面的绒布已经破损，边边角角都可以看到黑黝黝的铁皮盒。这个眼镜盒给人们留下了深刻的印象。财政部的老同志都知道吴老生活非常简朴，长年穿一套灰色的中山装，经常穿布鞋。后来，人们从他秘书姚文刚写的文章中才知道吴老的工资经常用来资助他身边工作人员，包括司机、保姆等，对自己要求则特别严格。

1964年"四清"运动前，抽调去搞"四清"的干部在财政部办集训班，财政部原部长项怀诚被编在吴波的一组。一天，吴波穿一件灰卡其布的中山装，和大家一样坐在木椅上看文件，他戴一副有玳瑁花纹的角质近视眼镜，那时他已近60岁，记笔记时要把眼镜的一端推到额头上，或者把眼镜的一条腿放在脸颊上。项怀诚觉得很新奇。30多年以后，项怀诚看文件时往往也把眼镜推到额头上，或把眼镜腿放在脸颊上。这可能是个下意识的动作，项怀诚说这是从吴波同志那儿学来的。项怀诚学吴老戴眼镜的动作，看上去是学其好玩，实际上反映了他内心深处对吴波的崇敬和热爱。

二

与吴老相处的人都说，吴老很普通，普通得使人看不出来他是部长。这个“看不出”中，究竟是吴老平常得不像大领导，还是他有意做出来的？都不是。吴老平民意识、朴素意识、善良诚恳的意识是反映在每句话、每个表情、每个笑容、每件事情中的。这种自然地朴素流露，是用多么高超的本事也粉饰不出来的。

在吴老身边工作十多年的杨雷芳，时常会想一个问题，吴老是财政部长，怎么就没有财政部长的一点官气呢，倒像个平常老头。也许吴老普通得太极致了，小杨说，吴老的普通，是想象不出来的。小杨是1993年到吴老家的，起初是家里的老阿姨要回家过年，没人做饭，因他在部队学习过做饭，就把他借调到家里帮帮忙。本来没让他长期在吴老家工作，后来因工作需要才留下的。当初他得到通知要去吴老家的时候，心里很高兴也很紧张，长这么大还没见过这么大的官。他的战友们说，财政部部长家吃的一定会很高级，你赶快练习一下拿手的高级菜，别到时候高档菜你不会做。他当时也是这样想的，练习好几天，看菜谱、练刀工，尽管学会了烹调的十八般武艺，他还是感觉自己厨技学得不够，生怕做不出吴部长想吃的菜来。他惴惴不安地来财政部报到。

王秘书带他走进吴老家时，他非常紧张，但当他真正见到部长的时候，紧张情绪很快就消失了。坐在他面前的是一位和蔼可亲、面带笑容的老者，很平易近人。吴老问小杨是什么地方的人，说是山西平顺县的。吴老革命时期到过平顺县，和他聊起家乡的事，一下把他的紧张情绪就消除了。

王秘书让老阿姨把他带到厨房熟悉一下情况，当他走进厨房，一下子就惊呆了。没想到财政部部长家的厨房是如此的简陋，平房的墙壁上有小缝，还掉着灰土。厨房里没有大鱼大肉等山珍海味，都是些青菜萝卜等家常菜。给吴老家做第一顿饭，他问老阿姨，做些什么菜？老阿姨给他说了几个菜，都是素菜。小杨问鱼虾在什么地方，怎么不做鱼呢？老阿姨说，不烧鱼，不炖鸡，不炒山珍，饭和菜都是简单的，一盘肉沫炒雪里蕻、青菜炒熏干、炒油菜，一小锅清水煮豆腐汤就行了。这就是财政部长餐桌上的菜啊，小杨虽纳闷，也只好做这样简单的菜。几天下来，吴老家的餐桌上的菜基本如此。小杨心里想，这部长家吃的饭菜，少肉少鱼，远没有他们部队吃的好，自己练的做高级大菜的刀功，看来在部长家是用不上了。确实如此，小杨除了做简单的家常便饭，他学的做大菜的手艺，在吴老家十多年没怎么用上。

给吴老家做饭，都做简单的家常便饭，小杨感到没有使出“本事”来，却得到了吴老的不少关心和厚爱。自打小杨来家后，吴老让他有空就多学习，嘱咐他：“你不可能一辈子待在这里，你要好好学习，以后才能真正走向社会。”小杨就抽空学了个文秘函授。吴老一看见小杨学习就特别高兴，夸奖小杨：“学习好，学习好。”自己从来舍不得买衣服的吴老，虽然自己穿得很破旧，但是在小杨来了不到一个月后，就让老伴给小杨去西单买了件新衣服。

吴老退下来后，他对身边的秘书常说，不要老呆在他这儿，你们的工作主要在单位的案头，不要把精力放在他这儿。秘书说他们的工作是国家安排的，是在“吴办”嘛。可吴老也开玩笑说，“吴办、吴办，我这儿是无事可办嘛，你们要多学习，把更多的精力用到学习上，不要用到我这儿。”有一天，组织上安排吴老第八任秘书王沈京到另一个岗位工作。临别那天，给吴老道别，吴老亲自送他到大门口，还让夫人邸老送他到胡同口。这“送”，让王秘书对吴老质朴的情怀，刻骨铭心。在吴老身边的工作人员走了一拨又一拨，无论是秘书、司机，谈起吴老，无不肃然起敬。这起敬中，吴老那种普通人的情怀是最让他们感动的。

吴老的左邻右舍都知道，财政部长吴波的院子里，住着两家人。在吴老家前院，长期住着为吴老开车的司机老蔡师傅。蔡师傅的爱人没工作，好几个孩子，家庭生活困难，吴老就把他家的人当自己家人一样对待，一直给钱救济他。他对蔡师傅的孩子，像对待自己孙子一般亲热，给学费，送学习用具。过年时，吴老总是让他的夫人邸力给工作人员的孩子们买衣服，给“压岁钱”。

一个财政部长和一个普通的工人，两个家庭就这样长期地生活在一起，融洽、自然，如同一家人。胡同的邻居和来过吴老家的人，很纳闷，司机一家怎么和财政部长住到了一起？他跟吴部长既不是老乡，也不是亲戚吧？给吴部长开车前，部长不认识他；他原来租房和借房住，吴部长就让他搬过来一起住。起初吴部长说让他搬过来住一起，他哪里会相信，以为是部长同情自己困难，客气一下而已。没想到有一次吴部长郑重地对他说：“你的困难大，把家搬过来吧，跟我们住一起也方便。”吴老说得认真，他却紧张了，他对吴老说：“我一个司机，怎么能住在您部长家的院子里呢？不中！”吴老说：“你没房子住，老婆孩子受罪，这院里又能挤出来一两间，搬过来住吧！”吴老一次又一次地劝他，他只好搬了过来，住到了前院。就这样，他和吴老门挨门住了好多年，也成了吴老家的人。

老蔡一家跟吴老家处成了亲人。文革时期，一些红卫兵到吴老家里来“造反”。蔡师傅的孩子们拿着铁锹站在门口，不让人进门。他们厉声对红卫兵喊：“你们别想进来，谁伤害吴爷爷，我们就跟你们拼命!”他们挡在门口，好几次把造反的人堵在了门外。

在老蔡的内心深处，对吴老有太多的感激。老蔡感慨地说：“吴老虽然是个‘大官’，但平常对人总是很和气。我家人口多，生活有困难，吴老一家给我们的帮助很多。从1964年到现在，我们一家六口人的水电费，月月都是由吴老替我交的。文化大革命期间，吴老不坐车。那时，我上下班都是走着到机关，想买辆自行车，经济上有困难。吴老知道后，主动给我钱，我才买了一辆自行车。”

吴老也不仅仅是对蔡师傅好，给他开过车的几个司机，还有身边工作人员，谁有困难，他都帮助。20世纪60年代初给吴老开过车的老李，年纪大、行动不便，老伴又有病。吴老夫妇和儿子有时去探望并送钱给他。吴老家的保姆，全家都称呼她孙奶奶。有时，孙奶奶的亲戚来看望她，吴老总是留他们一起吃饭。孙奶奶住的房子西晒，每到夏天，孙奶奶的屋子要比其他房子热，尤其到了酷暑时节，更是热得像蒸笼。那时没有电风扇，更没有空调，为让孙奶奶的屋子凉快一些，吴老和夫人邸力，给她在商店买来苇帘挂窗上。苇帘轻而厚，遮阳，拦住了阳光，屋子里的热稍缓解了一些，但屋子还很热，时常热得孙奶奶晚上睡不好觉。于是，吴老和夫人又想了个办法，在孙奶奶窗前种上扁豆和牵牛花。吴老和夫人找来种子，在孙奶奶屋前开了片地，种上了扁豆和牵牛花。扁豆和牵牛枝繁叶茂，使孙奶奶的屋前有了花，有了绿，还有了荫。从此孙奶奶的屋里，没有往年夏天那么酷热，即使酷热的晚上，她也能睡着觉了。还有比这些更让孙奶奶感激的是，吴老和夫人从没把她当外人，每当她生病，遇小病，给她送药，又给她送开水；遇发烧病重，给她联系去医院，又给她看病的钱。

三

吴波在家乡的旧居是座清代古宅，位于安徽省宣城茂林集镇西南“五十里”屋后，现在保存完好。有庭院和七间老屋，坐北朝南。屋前有道照壁墙，八字形的院门向东，花砖门墙，青石门坊。院内有门厅，右边连着三间边屋，当中庭院用河卵石铺面，右边砌一道腰墙，墙壁上开双层梅花形漏窗。腰墙与院墙之间有座小花园，尚存水池和花墩。正屋向南，“一”字形前墙，花砖门墙，白石门坊，下段墙面上两边砌青石墙。大门内有前厅和四水到堂天井。前厅两边砌隔墙，墙上开边门通两厢。堂厅内5列圆木柱，下为方形青石柱础。左右各有三间正房，上有阁楼，房门和窗扇上装方形小木格。正房前有廊檐和天井，前厢是厨房。

和叔父分家后，吴波家住此屋西头的三间，解放后土改时曾将一间正房分到他的名下。此屋东边有处名为“西仁里”的古宅，其中曾设私塾，吴波少年时在私塾中读过书。

1981年6月，吴波回家乡，家乡人以为他当了国家财政部长，这次衣锦还乡，会是前呼后拥，车辆盈门的。哪知吴老坐长途汽车，不出声响地回来，也不惊动地方政府，住宿、吃饭、坐车都是自己掏的钱。乡亲们看当了大官的吴波，还是百姓的样子，纳闷地说：“吴波当官不像官，怎么没有一点大干部架子呢？”

吴老不让政府的人张罗，在一位“宗家”的陪同下，到茂林各处走走。走到了老茶馆“杨柳春”门前，老店已经面目全非，但是他记得从前店里的生意十分兴隆，还说杨柳春的“九角糕”柔软爽口，很有名气。一路上穿街走巷，回忆当年的旧事，不禁感慨万千。当他看到一处古宅墙上有“西仁里”三个大字，高兴地说，这个大门里就是他当年读书的地方！走进屋里找到他读书的地点，说他还当过级长呢，教书的是位叫“陶庵先生”的塾师。他记得有位同学叫吴本秋，正好吴本秋老人走过来，两位少年同窗紧紧握手，相对无言，因为要说的话太多了。当他看到对面围墙上“五十里”三个字，激动地说：“我小时候住的地方就在隔壁！”于是加快脚走进旧居，认出他住过的房间，连声说：“就在这里！”进房坐下，他笑着对老伴说：“在这里我住了好多年啦！”时光流逝，岁月无情，但是他心里永远装着对故乡的深情厚意。出了旧居，满目田野风光，他驻足不前，是在寻觅田畈里的一座小屋，那屋里从前住着他的奶娘。在那小屋前，他一副深情思念的样子，他在思念喂过他的奶娘。

吴波回老家，感慨不已，他说起小时候，喜欢兔子。有一次，母亲带他到一个亲戚家串门，坐着轿子去的。亲戚家养了一窝兔子，刚好生了几只小兔子。吴波很是喜欢，非要带走一只，母亲当着亲戚的面不好说什么，就答应走的时候带走一只。临走时，他问兔子带了吗？母亲说在后面的轿子里。他就信以为真，到家就去后面的轿子里找，跑到后面轿子一看没有，当时就哭了，说母亲骗了他。吴波说当时的经济条件，买一只兔子也是大事。跟随吴老身边的杨雷芳，听后心里很难受，为安慰吴老，他在北京吴老的家里养了好多兔子让吴老看，虽然这些兔子已非当年的兔子，而吴老看到它们非常高兴。

吴老那次回乡之后，写了两首诗。其一是：“去时乌头归白头，白头喜见少年游。村郭依稀今又是，物换星移六十秋”。他儿子吴威立看到后，步原韵和了一首：“不向故国夸紫骝，一生谨慎唯运筹。桑梓一支夕阳曲，清风盈袖月满楼”。阔别60年的故乡，物是人非，茂林发生了许多重大变化。其中最大的历史事件，是发生在茂林地区的“皖南事变”。当年数千革命先烈抛头颅洒热血，才使家乡得以旧貌换新颜。抚今追昔，使他心潮起伏，又写下一首缅怀革命先烈的诗：“义师受阻万山群，争说江南新四军。今日神州齐奋起，愿将四化慰忠魂”。

吴波对家乡，充满了浓厚的感情。

吴老简朴回乡，费用全自己掏腰包，让家乡老百姓经常念叨起来，由此也更加敬仰他。家乡人把他当作骄傲，泾县筹建财会学会时，全县财会人员出于对吴波的敬仰和爱戴，想聘请他担任名誉主席，给吴老写了请求信。吴老在回信中却谦虚地写道：“你们成立财会学会. 要我担任名誉主席，我不敢当。我虽做财政工作多年，不是一个有真才实学的人……”来信都是用旧信封打了翻重复使用的，也没用公家的信笺。从这些小事中，家乡人看出吴波处处严以律己，且十分注意节约，更加感觉到他的不同寻常。

尾声：灵魂无尘

吴波以 99 岁高龄谢世。他自幼体弱，是一个夜啼郎，20 岁时人家说他活不过 40，解放后有一次陈云同志和他开玩笑又不无关心地说，吴波你怎么总是面黄肌廋，像个“大烟鬼”一样。但他 90 岁时，休检指标都很好，秘书王沈京特意向部党组报告，对待吴老要做长期打算。医院大夫对吴威立说，吴老的肾脏比很多年青人都好，吴威立甚感不解，大夫说吴老年青时没有大吃大喝地糟蹋过自己。

作为高级领导干部，吴老有很多的坚守：

在北京几乎不参加宴请，从不进歌厅等热闹地方，喜欢在家吃粗茶淡饭，一日三餐好坏都一样吃得津津有味。他活了 99 岁牙齿完好，一颗也没有坏过。他离休时月收入 2000 多元，2005 年过世时涨到 4000 多元。当他知道物价上涨时，就对家人说，如生活费不够伙食还可以降低一些。

总是严于律己宽以待人，谈及往事总是肯定别人检讨自己；杨雷芳照顾他十多年从没有见吴老对外人发过脾气。2004 年在医院，护工不小心把他磕了一下，嘴肿了，医院领导和护工都很紧张，他淡淡地说是自己不小心，不怪别人。

从不抱怨，从不议论工作里的是是非非，偶尔涉及过去的往事，他从不责怪别人，只讲自己的不足和失误。但对是非极有原则，那就是党的原则，人民的利益在他心中高于一切。离休后的吴波依旧坚持自己的理念，安安静静地生活着，心如止水。

坚守淡薄，按惯例财政部部领导离休都保留一间办公室，而他推掉了为他保留的办公室，也从不干扰后任的工作；给他配了专车，他退掉，且从不提出外出旅游、疗养。

……

享受了近百年人生美好岁月的吴波，他的长寿不是上苍的赐福，也不是用钱能买来的，他的善良、宽阔、简朴、淡泊、真诚等等，应当是他享受长寿人生的“营养素”。

高寿者未必都高贵，而高寿者大都有高贵的品质。吴波留给人们的点点滴滴故事，折射出一个人的高贵灵魂。吴波精神的高贵，使得他的灵魂，达到了无尘的境地。

2011 年 11 月　初稿

2013 年 5 月　完稿

宁新路

北京阳光花园

原来可以活得如此淡然（后记）

我被英雄感动过，感动得热泪盈眶；被杰出人物感动过，感动得心潮澎湃；被高尚的人感动过，感动得感慨不已……他不是英雄，他不是杰出人物，他却感动得我热泪盈眶。吴波——一代财政部部长，一个具有高尚精神境界的人，一个散发着精神光芒的人。谁看到他的光芒，谁就会被他的光芒紧紧吸引；谁走近他的光芒，谁就会被他的光芒穿透内心；谁仰望他的光芒，谁就会被他的光芒牢牢牵引。

在深深的感动中，我拿起厚重的本子，采摘他的一串又一串光芒的花束；我走近与他亲近的人内心，听他们讲述一串又一串光芒闪烁的故事；我向久远的云烟里眺望，追寻他那成为历史而又光芒耀眼的影子；我在渐逝的记忆里挖掘，收集他那留在时光里的声音和脚步……

你为什么想起要写吴老？面对人们的提问，我说他是位了不起的精神英雄；他让我很感动，曾几次感动得我泪流满面。这样的人，我按捺不住有要写他的冲动。不写，我的心灵会一直不安；不写，财政人会在将来流失掉一笔巨大的精神财富。尽管吴老生前说过，不立传。不立传好，身后有传的人太多了，况且世界太小，放不下那么多传记书；读者太挑剔，也太浮躁，不愿看那陈芝麻烂谷子的往事。想来这些吴老早已明白得很透彻。是的，我不写传记，我写的是散文。散文这个文体有一个最大的特点，就是什么都可以写，可以在真诚的前提下放开手脚写，而尽管可以写得形散神不散，但它必须遵循一个写作的法则，写的必须是感动作者的事情，也必须

用一颗真诚的心去写。因而，我要以我真诚的心写吴波的精神光芒，写那束让我心动许久的光芒。这就不同于传记，也就会少了落于俗套的写法和家谱式、档案式的文字；我不是写给某个人的，是写给一个与他有关系的群体的，是写给社会上有着这样精神追求的人们的。这样光芒四射的人物，实在应该写，应该写成感动人心灵的文字，更应该写成为一代代财政人引以为自豪的人物。

二

吴老让我有很多的感动。

感动吴老年轻时代追求真理的执着。在混浊的环境里做事却保持着正义的清醒和善良的情怀。正义的清醒和善良的情怀，这使得他在旧军阀部队里，几次辞职而去，宁可丢掉饭碗，也不以邪恶为友，不以人民为敌。参与湖南赈灾以智慧和善良拯救了数万灾民，在与贪官污吏斗争中面对风险的胆略让人钦佩；端着国民党政府的饭碗，却冒险做着营救红军西路军的事，冒险为延安和共产党做事，直至放弃官禄去延安投奔到革命洪流中，他才感到精神获得了新生。

感动吴老以身投奔延安革命，却被关押审查近三年之久，面对蒙受巨大委屈却从不改变参加革命的志向，从不埋怨组织和他人，直至到老到死也从不提那些委屈，反而在结束关押审查后，给自己确定了“永远做无产者”的人生目标，直至到死也未改变初衷的追求。

感动建国初期新税制掀起巨大政治风波，吴老面临“反党分子”帽子随时落到头上的时刻不推卸责任，敢冒丢官、坐牢和杀头风险，为坚持真理主动站出来承担责任的无私无畏。

感动于文革造反派批斗吴老逼他交待李先念等“罪行”，面对揪斗、抄家、大字报攻击等严酷折磨，同税制风波中一样，仍然说“我是财政部常务副部长，财政部的错，是我吴波的错；李先念在财政部的错，具体事都是我办的，是我吴波的错！”不管造反派如何打压，都不把责任推向上级，也不把责任推向下级，把罗列财政部、李先念的罪状全揽到了自己头上，且在任何时候不把自己承担的责任推给别人，不把自己应当承担的过错隐瞒或推给别人而坚持正义的人格和真诚、善良。

感动吴老在重要领导人请他发展“桃园经验”并寄予厚望的时机，实事求是，头脑清醒，一字不写总结材料而交了“白卷”的清醒与胆略。

感动吴老不迷恋官位把财政部长让给年轻助手为全党老干部主动让贤立了标杆。仅仅当了一年财政部长，没有人逼他让贤，而是处于不贪恋官位的高贵境界，是为全党倡导干部年轻化的高风亮节的演示，是对“官至上”落后观念的挑战。感动中还有联想，假如不让贤又怎样？不让贤的吴波会把财政部长当得很好，会在财政部长官位上坐很多年，会凭他早已是“模范部长”的优秀才能、高尚品德荣升职位，而吴波选择了让贤，这在一般人是多么难以做到的！

感动吴老长年住在裂缝掉灰的平房而体谅国家困难不愿花钱维修房子的简朴精神。那裂缝掉灰的平房简陋得有点寒酸，与共和国财政部长身份多么不相配，多少次财政部领导劝他维修，国务院机关事务管理局派来工程队、运来砖头水泥维修，他怕花费国家的钱而拒绝维修。住着破旧的房子，坐着破旧的沙发，吃着平民的饭菜，过着朴素的日子，想自己太少，想别人太多；不想享受的事情，只想着怎么能给国家节省。

感动吴老鼓励儿子们不在优越的京城生活而到艰苦地方安家落户，且不准儿子们用自己的权利、影响找朋友、熟人为自己谋好处的坚守高洁的教子方式。

感动吴老坚守简朴生活而把文革被打倒的平反补助费和保姆补助费不给缺钱的儿孙们却全部交了党费，还拿出自己工资接济司机和困难的人。

感动吴老从延安年轻时立志做“无产者”而终生不改誓言，两次立遗嘱把自己的两套房交给国家，做财政部长仅有三万块存款而除去丧葬费和给孩子们的搬家费外却不给儿孙留一分钱遗产，实现了做“无产者”的崇高境界。

……

二

吴波毫无疑问是位具有英雄般极致品格的人，实则是超凡脱俗的人。吴波为什么会成为超凡脱俗的人？在没有走进吴波的精神世界前，在没有了解他人生的历程时，会误认为他是有宗教信仰的人，有宗教信仰的人也会闪耀这样境界的精神光芒；他是一个“古怪”的人，古怪得离大多数人有那么大距离；他是个具有士大夫情怀的人。士大夫情怀的人，严于律己、忠君爱国、以天下为己任。吴波何止这些。士大夫追求个人利益，而吴波是一个彻底的无产者。他的放弃和追求，彻底与超越，是精神与灵魂的高度超越。

吴波何以成为一个超凡脱俗的人？他感受了旧社会生活的贫穷与苦难，那是刻骨铭心的饥寒交迫与艰辛羞辱；他感受了理想与现实的残酷，那是血淋淋的屠刀与偷梁换柱的卑鄙；他感受了民不聊生与国破家亡，那国破家亡和妻离子散的后面是军阀混战与大盗汉奸；他感受到了一种黑暗与光明；他感受到了正义之师与人心所向的党魂、军魂，那是共产党与延安的精神之魂……所有这些，让他知道了什么是满足与幸福，让他精神世界找到了一种超然和高贵，让他决意放弃自我，淡泊名利。这就是我所理解的吴波为什么会超凡脱俗的缘故。

三

吴波是具有精神高度的人。吴波的精神高度有多高？我看到的是一座高入云端的峻岭。这座精神的峻岭，不是虚无飘渺的，不是人为支撑和雕刻的，不是涂脂抹粉妆饰的，而是有多个侧面的坚砖硬石堆积起来的。这座山，无法衡量高度，也无法衡量宽度。因为在这个高度和宽度面前，我们难以放弃自我和无限放大的自我，难以放弃名利而终日忙碌却不是为别人而为自己，我们挖空心思为自己谋利而难以放弃房子、官位、金钱，我们放不下利益和儿孙更难做到一生最终“无产”，等等。这就是高度。因为有了这样的高度，也就有了落差。那落差是一些人的平庸、自私、狭隘、贪婪、狡猾、投机、纵欲。因为有了这些现实概括，所以有了落差，有了大的落差，让人才能感到这个精神高度，很高很高。

所以吴波的精神高度，是无法丈量的。

四

吴波的精神体现了什么？体现了一个人内心的纯净。这种纯净，纯净到了像清泉，没有一点杂质，没有一点颜色，没有一点味道；体现了一个人内心的宽阔，宽阔得像蓝天和大海，看不到障碍，看不到边际；体现了一个人的超然，超然得淡泊，什么也可以放下，什么也可以不要，什么也可以看开；体现了一个人的至爱，对国家爱得很深，对事业爱得很深，对别人也充满了爱；体现了一个人的高贵，高贵得不向庸俗低头，不向权贵低头，不向金钱低头；体现了一个人的彻底，彻底得不为荣华富贵，不为权利财富，不为亲人儿孙。——这些精神，不就是毛主席所说的“做一个高尚的人，一个纯粹的人，一个有道德的人，一个脱离了低级趣味的人，一个有益于人民的人”吗？

五

这样一个令人高山仰止的人，我们学得了吗？许多人说，我们学不了吴波。我们也许学不了吴波的正义、助人、简朴、严谨、廉洁、自律，我们似乎也学不了他被关押几年不但无怨反而坚定做一个纯粹人的信念与大悟，学不了他放弃财政部长高官的那种超然，学不了他一生一世无私无畏，学不了他鼓励孩子扎根艰苦地区生活的铁石心肠，学不了他一生实现无产的执着追求。我说过，所有这些，是高山，是高大无比的高山。那么面对这高山的吴波，我们学得了吗？更多人说，学他很难。是的，时代发展到追求自我、权利至上、崇拜金钱、欲壑难填的今天，我们的确很难学得了吴老，甚至可以直截了当地说，学不了。这是许多人面对吴波精神，望而生畏、望而却步、高山仰止的感叹。

六

我们真的学不了吴波吗？我们只能敬仰他精神的光芒，只有把他的精神高度束之高阁吗？我在采访吴老和写作吴老的笔记本、电脑键盘上，不止一次地流下了被他感动得难以克制的泪水。这当然是我心田的柔软之地，也是我的善良之地，也是我的正义之地，也是我尚未消失的高尚之地。我感到，当被他感动的泪水，一次又一次浸入这些心灵田地后，我的心田坚硬的地方被吴波精神软化了，软化的地方在发酵，发酵在漫延，发酵出了一种支撑心灵强大的东西——那就是一种叫淡然，或者是淡泊的东西在心田升腾。这种东西让我陷入了深而久的思考：今天的时代，吴波精神真的过时了吗？今天的我们能学到吴波的淡然吗？我仍感到有学不了的地方。

我崇敬他一生追求“无产”的境界，但我学不了把官位和权利让给别人，学不了他把房子不留给子女而交给国家，学不了把自己工资拿出来帮助别人。这是我的诚实，也是我的现实。我的现实告诉我，人是环境的产物，我们生活环境里如若有太多吴波这样的人，我的家人子女都不反对我做超凡脱俗的人，别人也不会把超凡脱俗当作傻子看，我也许会毫不犹豫地做一个“无产”的人，我的灵魂也会像吴波那样，达到纯净，走向高贵。可我感到要学到吴波的任何一面，都很难。

尽管学做吴波有这样那样的难，我感到可以把一时学不了吴波的地方，当作追求高贵的目标，一点一点靠近。如果有了这样一个目标，我们就向吴波的精神光芒迈近了一步。如果有了这样一个目标，我们就可以学得了吴波，可以学他的淡泊，可以放弃贪欲占有，可以放弃世俗虚名。在我看来，可以做到不把存款变遗产，除了生活保障外，不去利欲熏心地贪占敛财；不去用权和不义之财霸占那么大那么多的房子；不去用无耻的方法和卑鄙的手段谋取高官厚禄。因为这几样，真是生不带来，死不带去且累人累心的东西，看淡也罢。因而，有了这样一个目标，有了这样一个认识，有了这样一个清醒，那么我们就离吴波的精神光芒会越来越近；有了这样一个个放弃，我们的灵魂也会散发出像吴波那样的精神光芒。在这样一种坚持不懈的努力下，不仅高山可攀，而且完全可以攀到高峰。这样不懈地攀登，你会发现吴波的精神高山，不会让你高得仰止，不会让你望而生畏、望而却步，而且也很容易达到这个高度。当然达到这个精神高度的前提，是淡然；淡然的前提，是放弃；放弃的前提，是认识它的美好；认识它美好的前提，是清醒。有了清醒，就会朝着这束光芒前进。这样的前进，就是走向心灵的高贵和灵魂的高尚。没有这样一种一步一个台阶的思想飞越，是学不了吴波的，更是感受不到吴波精神光芒的美好。由此看来，想要做一个灵魂纯净、心灵高贵的人，学做吴波是不难的，也是容易的。

这样的认识和行走，你会豁然发现，人，原来可以活得如此淡然。

七

做吴波这样的人，做这样灵魂高尚、精神高贵的人，莫不是吃亏了？莫不是让子女吃亏了？看起来是这样。吴波放弃了许多，甚至放弃了财富、财政部长官位、放弃了遗产，一生活得像佛门的教徒清心寡欲，连孩子们也没有沾上他的光，更没有得到金钱和遗产的实惠，是不是亏对自己，亏对子孙了？看起来是这样。其实又不是这样，这吃亏的后面，亏对的后面，是矗立起来的一座精神的高山。这座高山，是黄金和宝石也堆不起来的。

吴波追求精神的高山和光芒，给他自己带来了什么？给他自己带来的是纯净和高贵的内心，且使人生的风风雨雨，也成为一种享受。宽厚豁达而寿，他活到 99 岁。他的无欲不贪，淡然处之，让灾祸远离，让邪恶不藏，他一身轻松，无怨无恨，白天乐、夜晚安。他享受人生这样的高龄，是官员中少有的，是富豪中少有的。他的放弃，他的无欲，使他享受到了人生的快乐，也活出了人生的意义与价值。吴波没有失去，没有吃亏，而是得到了很多，得到了极高的一种生命享受。他的子孙们吃亏了吗？他鼓励儿子到艰苦的地方生活锻炼，不让他们在财政部长父亲官位的光环下生活，更不许用他的光环为他们捞取好处，让他们去掉官气、娇气、霸气，做普通人、朴素人、靠双手创造的人、与百姓亲近的人，这样固然使子孙们吃了很多苦，直至儿孙们都落户到了边远地方，都是普通百姓，没有显赫的官位，没有富足的金钱，是子孙们吃亏了吗？从我访问他的儿子、孙子以及他的亲人，没有人埋怨吴老，没有人不以他为自豪的。他在子孙们的心中，是座神圣的高山，是提起他来就让后辈兴奋而感动的精神丰碑。吴波的后代，以吴波为丰碑，做普通人，做老实人，做自力更生的人，做高尚纯粹的人，与世无争，与人无怨，活得从容踏实，也活得安静幸福。这样的子孙，平平安安，安分守己，堂堂正正，从容踏实，难道不是父辈所企望的，难道不是吴家家族的福分，难道是用金钱和权利可以换来的吗？

看到了这一点，就看到了吴老对自己、对儿孙的严厉、苛刻，甚至无情的深刻内涵。他的“无情”，实则是在给子孙传承了巨大的财富。这种财富，尽管没有金钱、房子、权利、荣华那样实用，那样温暖，那样华丽，那样有声有色，而它却像一朵久开的花儿，绽放荫泽后代的芳香，而这种芳香，让他们走向精神的高贵。这就是吴波没有给予子孙物质财富，而却给予了子孙巨大精神财富的实质。看不到这一点，就会认为吴老太愚。

当然，你可以认为，人活一世，当应尽情享受；清苦，让人失去了活着的意义；可以少活几十年，也要让自己活出个人上人的精彩，尽可能享受到人上人的富有。这让人无话可说。而享受和精彩，靠什么取得？如若是不劳而获，投机取巧，那样的享受和精彩，深信享受不到吴波那样的安然，也达不到吴波那样的精彩。

当然，你可以坚信权利和金钱的万能，以不择手段捞取的官位、金钱，就是为了让子孙和亲人享受到荣华富贵，为子孙们传承低级趣味、追名逐利、尔虞我诈、男盗女娼、醉生梦死，那也是一种传承，这种传承也是种花，而结出的果是什么？可想而知。都想追求大富大贵，而谁能富过帝王，谁能权倾天下？而那些自相残杀、骨肉离散、人似禽兽的事，却大多发生在帝王将相和富贵豪门之家。可见，精神可以传承久远，而富贵、权利和金钱却难以传承，这是早已被生活和世事验证的事实。

八

吴波精神的光芒，在今天看来，是那么地多彩和耀眼，多彩和耀眼得让人感到非常稀有。它仍有鲜活的思想，感人至深的内涵，催人奋进的力量。可惜的是，由于吴老一贯的低调，从不给孩子们讲他的工作生活，从不给同事和部下讲他的辉煌与精彩，这使他的精神之光被自我封存了起来，许多往事已随时光消失。只是在他晚年和他去世后，才有一点挖掘，有一点报道，且没能够从深度上挖掘他的精神之光，这是较大的遗憾。吴波不是伟人，而他的精神之光，却曾经对社会产生过很大影响，今天仍然在我们身边闪耀着璀璨的光芒。

吴波是勤奋敬业的模范，是廉洁奉公的模范，是共产党员的模范，当家理财者的模范。无论从哪方面挖掘，无论从哪方面思考，都能给我们心灵的感动，不尽的思索，精神的力量。吴波的精神，是对社会的贡献，也是财政人的宝贵财富。

财政的事业，需要一代又一代人接力；财政人的精神，也需要一代又一代人传承。吴波精神的光芒，也不仅仅是书中的几十个片段所承载的，还有许多闪烁的精神之光，随着时光流失，已无法追寻。好在他那最为耀眼的精神之光，还在怀念他的人们脑海里留存，所以就有了这本书。作为一个作家，感到有义务写这位让财政人引以为自豪的人，虽然财政部长中，也有好几位令人崇敬的人，财政人中也有许多令人崇敬的人，而写吴波，则更有典型意义。

九

走近吴波，会让人想到寡欲，感恩，慈爱，严谨，执著，正义，无私，朴素，坦荡，宽阔，高尚，等等。而这些人格、品德，又是构成一个人高大、高贵不能缺失的元素。走近吴波，我品味他身上的这一个又一个精神元素，感到内心受到了洗礼，让我跟这些元素走近了一步。这是我的收获，也相信是所有走近吴波精神之人的收获。我们应当为财政人中有这样的人而骄傲，也应当走近他的精神，吸收他的光芒，让我们的精神也高贵起来，让我们的精神也闪烁出迷人的光彩。

如此一来，你会发现，人生不需要被许多东西奴役，像吴波那样，可以活得如此淡然。

后记（又）

吴波作为一代风范，他的优秀品质是多方面的，也是深刻的，因而写吴波是富有意义的事。很多年前，我就有写吴波的冲动，可是他年事已高，身体又不太好，访问有困难，也就放下了。可是，他是闪耀着精神光芒的人，他的精神在召唤着我，故心怀写他的愿望。他去世后的好些年里，又听说了吴老许多鲜为人知的故事，也思考了他的精神所在，越发有了写他的愿望。而吴老跨了几个时代，当财政部长时间又短，且他平时很少给别人讲他的事情，甚至也从不给家人讲单位的事和他的所思所想。他荣辱不惊，做人低调，不愿给别人讲自己的得意和失意，哪怕是痛苦的事情；不愿讲工作中的事情，哪怕是面临丢官的危机事情。这源于他长期养成的遵守保密纪律和不抬高自己、不议论别人的习惯。他把所有的事都装到了自己肚子里不倒出来，要写这样一个“奇怪的人”，写出一个活脱脱的吴老，是件非常难的事情。

还是必须要写，而又如何把吴老的高贵品质写出来？不能写传记，也只好写他若干个侧面了。而这若干侧面，也不是写传记，是要写散文。我走访了吴老家人、他的秘书和同事等，在拥有大量素材的基础上，提炼了能够概括和表达吴老精神境界的十八个侧面，以散文的方式，如实地描述他精神闪烁出的光芒，取名《来去无尘》。

以这样的形式讲述吴老的故事，既会严格忠于事实，又会运用“形散神不散”的特点，把那些展开的、无法展开的，把那些完整的、零碎的事情，写得自如一点，既不同于新闻报道，又不是有所虚构的文学作品，想来这种写作方式，能显现出优势。想了很久，也只能这么写。

能了解到的事情，尽可能都做到了解，几乎是挤牙膏似的，一点点地挤。尽管深信吴老的事情，还有很多，但已经没人能够讲述出来了。跟他同时代的人，大多都去世了，即使在世，也没有精力或没有了过去的记忆；他的几任秘书、司机有的很老了，有的去世了；他唯一在身边的儿子吴威立，吴老生前基本不告诉他什么，也讲不出他父亲更多；吴老留给人们24本工作笔记，虽然钢笔小字相当清楚，却很是笼统、抽象，后人看了不知所云，也没法引用。一次又一次找吴威立，请他谈点他父亲的事，他说，没有了，也就这么多了。那就这么多吧。“一滴水能看到太阳的光辉”，能把这些事情讲清楚，讲准确，讲精彩了，也够了。

感觉这是最难写得好的文字，无法得到活生生的讲述，无法得到本人真情实感的叙述，也无法在历史长河的文字里得到耐心细致的故事，又不能有过于显象的成分，不能有文学的夸张与发挥，但又不愿写成纪实，这本散文很难写。如根据录音整理的“寻觅中的艰难跋涉”一章，起初三万多字，改写了数十遍，最后仅几千字，却比几万字说得更为清楚。所有的章节，修改了数十遍。写吴老是这么地难，而下这样的功夫，是值得的。

写吴老，文字的准确，事实的准确，是首要的。稿子成型后，先后七次发给有关同志修订，他很仔细，对于事实，对于文字，作了修改、核定，感谢他付出的辛苦。感谢在这本书的写作过程中，提供资料的朋友们给予的帮助。感谢财政部机关党委廖路明书记、岳学鲲主席、刘江华处长和中国财经报社孙国府社长、苗福生副总编等同志的帮助和支持。感谢中国财政经济出版社贾杰社长、李乃君副总编辑和樊清玉编审，热心于这本书的编辑出版。

宁新路

2013年5月　北京阳光花园